www.b-books.co.kr

www.b-books.co.kr

헌터 레볼루션

헌터 레볼루션

1판 1쇄 찍음 2020년 3월 11일
1판 1쇄 펴냄 2020년 3월 17일

지은이 | 정사부
펴낸이 | 정 필
펴낸곳 | (주)뿔미디어

편집장 | 문정흠
기획 · 편집 | 정대영

출판등록 | 2002년 9월 11일 (제1081-1-132호)
주소 | 경기도 부천시 원미구 소향로 17번길(두성프라자) 303호 (우) 14544
전화 | (032)651-6513 / 팩스 032)651-6094
E-mail | bbulmedia@hanmail.net
비북스 | http://www.b-books.co.kr

값 8,000원

ISBN 979-11-90547-15-4 04810
ISBN 979-11-315-9849-8 04810 (세트)

BBULMEDIA FANTASY STORY

헌터 레볼루션

정사부 현대 판타지 장편 소설

1. 세계의 시선

세계의 주요 언론사들은 모두가 같은 내용의 기사를 헤드라인으로 걸었다.

대한민국 정부의 위험하고, 위대한 도전!
대한민국, 몬스터 왕국을 정복할 수 있을까?
충격적인 발표와 충격받은 세계!

전 세계가 대한민국 정부의 발표에 깜짝 놀랐다.
대한민국 정부가 옛 북한 땅을 수복한다고 천명했기 때문이다.

몬스터에 의해 멸망해 버린 북한 땅을 자국 영토라 말하는 것까지는 예전부터 있어 온 일이기에 크게 상관없었다.

하지만 국토를 되찾겠다며 헌터 동원령을 발령하고, 대대적인 몬스터와의 전쟁을 천명하는 것은 조금 다른 일이었다.

예전 같으면 중국이 동북공정을 내세워 대한민국 정부의 이러한 방침을 성토했을 것이다.

그러나 대격변 이후 중국도 상당한 지역을 몬스터에게 내주고 실질적으로 지배하는 땅이 상당히 줄어든 상태였으며, 그중에는 북한과 국경을 맞댄 동북 삼성 지역도 포함돼 있었다.

그러다 보니 중국으로서는 대한민국이 북한 지역을 자국의 영토라고 주장하며 몬스터로부터 국토를 수복한다는 발표를 하여도 이렇다 할 명분이나 방법이 없었다.

그리고 중국뿐만 아니라 한국과 국경을 맞대고 있는 러시아도 상황은 비슷했다.

비록 중국처럼 국경 지역이 몬스터에 의해 지배되지는 않았지만, 굳이 이익도 없는 땅을 노릴 이유가 없었다.

게다가 러시아 자체도 땅은 충분하게 넓었다.

그러니 몬스터에 의해 빼앗긴 지역을 되찾기 위해서라도 헌터 강국인 대한민국의 도움을 받아야 할 처지였다.

그들로서는 가만히 지켜보며 이참에 한국이 몬스터의 땅

이 되어 버린 곳을 어떻게 수복하는지 자료를 수집하는 한편, 노하우도 얻어 가길 원했다.

중국과 러시아가 이런 입장에서 인접국인 대한민국의 국토 수복을 지켜보고 있다면, 일본이나 미국은 또 다른 시선으로 관심 있게 바라보고 있었다.

그중에서도 특히나 일본의 시선은 남달랐다.

그들은 이번 북한 지역 수복에서 한국의 헌터들이 최대한 많이 희생되기를 바랐다.

비와호에 나타난 야마타노 오로치 퇴치 실패로 자신들의 헌터 전력이 무너진 것처럼, 이번 북한 지역 수복에 동원된 대한민국의 고위 헌터 전력이 무너지기를 바라 마지않았다.

다만, 이러한 사실을 겉으로 드러내지는 못하고, 겉으로는 자신들을 도와준 성신 길드의 본국에 행운이 있기를 바란다는 말을 하였다.

하지만 오래전부터 그들의 실태를 알고 있기에 이를 들은 한국인들은 어느 누구도 그러한 일본 정부의 발표를 믿지 않았다.

선량하고 역사를 깊게 공부해 온 일본인들을 제외하곤, 일본 정부 인사들은 오래전부터 정한론을 굳건히 믿고 있어 왔다.

즉, 한국을 정벌해야 일본이 발전한다는 뜻이었는데, 이는 아주 오래전부터 있어 온 일본 정재계 인사들의 사상이었다.

그래서 그런지 일본인 중 많은 이들이 이러한 일본 정부의 말을 따르고, 무슨 일만 생기면 모든 것을 한국 탓으로 돌리고 있었다.

야마타노 오로치 건도 그랬다.

세계의 어느 나라도 도움을 주지 않을 때, 한국의 성신 길드만이 일본 정부와 협회의 의뢰를 받아 야마타노 오로치를 퇴치해 주었다.

처음에는 이러한 성신 길드와 한국 정부에 감사의 뜻을 보냈지만, 시간이 흐르면서 일본인들 사이에는 엉뚱한 말이 나오고 있었다.

당시 일본의 고위 헌터들이 전멸한 사건은 전적으로 일본 정부와 일본 헌터 협회가 오판을 해 그렇게 된 것이었다.

그럼에도 불구하고 진즉에 한국이 도와주었다면, 일본의 고위 헌터들이 그렇게 허망하게 죽지는 않을 것이라는 말이 돌았다.

뿐만 아니라 성신 길드가 야마타노 오로치를 잡고 거둬들인 성과에 대해서도 폄하하고 비방하는 이들이 있었다.

너무 많은 이득을 성신 길드가 가져갔다느니, 국제적 관례에 따르지 않고 야마타노 오로치의 사체를 가져가 막대한 이득을 취했다는 등의 이야기였다.

참으로 뻔뻔한 이야기였지만, 그러한 소문은 점점 더 일

헌터 레볼루션

본 내부에서 퍼져 나가고 있었다.

이러한 소문은 아주 조직적이어서, 현재 논란의 중심인 성신 길드도 그 근원지를 찾지 못하고 있는 중이었다.

또한 일본의 헌터들을 중심으로는 성신 길드가 너무 던전을 독점하는 것이 아니냐는 목소리가 조금씩 새어 나오고 있었다.

그것이 틀린 말은 아니었지만, 이도 알고 보면 일본 정부가 무너진 헌터계를 살리기 위해 고육지책으로 내놓은 정책 때문에 벌어진 일이었다.

야마타노 오로치 레이드 실패로 5등급 이상의 헌터가 전무한 일본으로서는 자국의 던전을 마음대로 사용할 수 있는 권한을 성신 길드에게 넘겨주고서라도 몬스터로부터 국가를 안정시켜야만 했다.

물론 그렇다고 그런 특혜를 일본이 그냥 넘겨준 것은 아니었다.

국가가 지정한 세금을 내고 또 부수적으로 일본의 헌터와 함께 던전을 들어가야 한다는 조건이 걸려 있었지만, 성신 길드의 입장에서는 그보다 좋은 제안이 없었다.

그도 그럴 것이, 당시 성신 길드는 대형 길드들에게 견제를 받고 있었다. 그러다 보니 국내에서는 더 이상 성장을 할 수 없기에 다른 대안이 필요한 상태였다.

그러던 찰나 일본에서 애타게 부르며 이득을 준다고 하

니, 이를 거부할 명분도, 필요도 없었다.

그러한 결정은 헌터계가 무너진 일본과 성신 길드, 둘 모두에게 이득이 되기 때문에 나쁘지 않은 전략이었다.

그리고 결과적으로 일본 정부와 성신 길드 모두 성공을 거뒀다.

문제는 서 있으면 앉고 싶고, 또 앉으면 눕고 싶은 사람의 간사한 마음이었다.

사라진 고위 헌터들이 속속 등장하자 일본 정부 내부에서부터 다른 말이 나오기 시작했는데, 바로 일본의 헌터 길드가 아닌 성신 길드에 너무 많은 자원을 쏟아붓는다는 불만의 목소리였다.

아무리 회유를 해도 성신 길드의 헌터들은 절대로 일본에 귀화하지 않았다.

뿐만 아니라 일본에서 많은 이득을 보지만, 정작 소비를 하지 않아 국익에 큰 손해를 입고 있었다.

물론 모든 일본의 정치인들이 그렇게 생각하는 것은 아니었다.

다만, 그러한 목소리들이 하나둘 나온다는 것과 일반인들 사이에서도 비슷한 목소리가 나오는 것이 문제였다.

일본이 이런 분위기라면 미국은 또 달랐다.

백악관 내의 집무실에서 미국의 대통령과 헌터 협회장의

목소리가 흘러나왔다.

"한국이 몬스터를 몰아낸다고 했다죠?"

"네, 그렇습니다."

"흠, 과연 헌터 강국이긴 하군요. 그런 결단을 내리다니."

"그저 박지원 대통령의 실수를 덮기 위한 쇼일 뿐입니다. 너무 염려하지 마십시오."

대통령의 말에 옆에 있던 미국 헌터 협회장이 답했다.

그러나 대통령의 생각은 다른지 고개를 저었다.

"염려라니요. 저는 한국이 수복을 하든 말든 상관없습니다. 아니, 오히려 수복하면 좋은 일이지요. 그들이 발표를 한 것은 어느 정도 가능성이 있다는 말이고, 그건 분명 대단한 일이죠. 그러니 저희는 이번 일을 기회 삼아 그곳에서 검증받은 우수한 헌터들을 데려오면 되는 겁니다. 제 말이 무엇인지 아시겠죠?"

"네. 한국에서 동원한 헌터들의 명단을 작성하겠습니다."

한국과 미국은 오래전 6.25 때 연합군으로 참전하여 동맹을 맺고, 오랜 기간 우방으로 계속하여 왔다.

비록 미국의 필요에 의한 것이지만, 그로 인해 한국은 전쟁의 폐허 속에서 눈부신 발전을 할 수 있었다.

하지만 엄밀히 따지면 한국보다는 미국이 더욱 큰 혜택을 받은 것이나 다름이 없었다.

나라가 없어질 위기에서 도움을 받아 커 왔다고는 하지만, 그로 인해 감내해야 할 아픔도 참으로 많았다.

그럼에도 불구하고 미국은 참으로 뻔뻔하게 도움을 준 것을 우려먹었다.

냉전 시절에 최전선에서 공산주의와 싸우는 한국을 지원한다는 명목으로 엄청난 군사 무기들을 비싼 값에 팔아 왔다.

그런데도 불구하고 냉전 시절이 끝나고 나서부터는 미군 철수라는 카드까지 들이밀며 강매를 하였다.

북한이 핵미사일을 무장하고 자신들을 위협할 때면, 한국 정부를 뒤에서 조종하여 자국의 첨단 무기들을 팔아 치우기도 했다.

그로 인해 인접한 중국과 문제가 발생할 것을 분명 알면서도 말이다.

그러다가 대격변으로 차원 게이트에서 몬스터가 쏟아져 나오며 새로운 국면이 찾아왔을 때, 미국은 한국에 대한 전략을 또다시 바꾸었다.

예전에 한국을 자국의 안보를 위한 첨병으로 이용하던 것에서 이제는 자국의 안녕을 책임질 병사를 뽑아 가는 인력 시장으로 보기 시작했다.

그게 무슨 말인가 하면, 특이하게 한국인들은 그 좁은 땅과 적은 인구 속에서도 각성자의 숫자가 다른 나라들에 비해 상당히 높았다.

그 말은 고급 헌터 전력이 한국에 많다는 이야기였다.

물론 모든 각성자들이 고위 헌터로 크는 것은 아니었다.

그만큼 노력과 지원이 받쳐 줘야 그렇게 성장할 수 있었는데, 유난히 한국만 전투 종족이라 말할 정도로 각성자도 많고, 또 고위 헌터로 성장하는 헌터도 많았다.

그 때문에 미국은 갖은 혜택을 들여 이들 헌터들을 자국으로 귀화시키려 노력해 왔다.

대격변 이전부터 미국은 자국에 도움이 될 만한 인재들을 미국인으로 만들고, 또 필요하다면 납치하기도 했다.

그러다 대격변이 벌어지면서 상황은 급변했다.

현재 가장 필요한 인재인 헌터에 대한 스카우트는 나라의 존망이 걸린 것과 마찬가지기에 이전과는 비교도 되지 않을 정도로 치열하게 물밑 작업이 이루어졌다.

이러한 미국의 고위 헌터 스카우트가 도를 넘어서자, 각국 정부는 UN에 제소를 하기까지 이르렀다.

자국의 안전을 위해 타국의 헌터를 빼 가 결과적으로 헌터가 속한 국가의 안녕을 헤치는 행위를 엄히 경고하라는 뜻이었다.

예전 같았으면 세계 최강의 군사력으로 불만을 터뜨리는 국가에 제재를 가하거나 경제적으로 압박을 줬을 것이지만, 대격변으로 인해 군사력은 더 이상 여러 국가들에게 통하지 않게 되었다.

아니, 그보다는 이미 몬스터라는 적에 의해 막다른 골목에 내몰린 상태이기에 미국의 군사력 따위는 눈에 들어오지 않았다.

게다가 실제로 미국에 고급 헌터 전력을 빼앗긴 국가 중에 몬스터에 의해 멸망하는 나라가 나오자, UN도 더 이상 두고 볼 수만은 없어 나서게 되었다.

2차 세계대전 이후에 세워진 UN은 세월이 지나면서 유명무실하게 되었지만, 전 세계적인 위기 앞에서 각국은 미국의 독단적인 행위에 참지 못하고 한목소리를 냈다.

그러다 보니 안하무인이던 미국도 그 순간만큼은 자기 마음대로 할 수가 없었다.

세계 모든 나라들이 인류의 적인 몬스터도 뒤로하고 자신에게 달려드니, 제 아무리 미국이라도 무시할 수는 없는 것이었다.

마치 이럴 거면 같이 죽자는 듯이 세계 여러 나라들이 한목소리를 내자 어쩔 도리가 없었다.

그렇게 미국은 물론이고, 각국이 더 이상 고위 헌터 빼가기를 자제하자는 뜻에 합의를 보고 일이 일단락되기는 했지만, 헌터의 자유의사로 국적 취득은 막지 않는다는 예외 조항을 두었다.

즉, 헌터가 직접 소속 국적을 포기하고 다른 국적을 취득

하는 것에는 국가도 터치를 하지 못하게 된 것이었다.

사실 이 조항은 눈 가리고 아웅 격이었다.

이전처럼 막무가내로 헌터를 스카우트하지는 않겠지만, 합법적으로 고위 헌터를 빼 갈 수 있는 방법을 만들어 준 것이나 다름없었다.

그로 인해 유럽의 선진국들은 자국의 고위 헌터들을 미국에 빼앗기지 않기 위해 갖은 혜택을 주며 전력 누수를 막아 왔지만, 한국은 정반대의 상황이었다.

수많은 헌터들이 미국의 러브콜에 넘어갔다.

어차피 한국에 남아 있어 봤자, 이미 자리를 잡고 있는 거대 길드와 자본가들 때문에 더 이상 자신들이 커나갈 자리가 없었기 때문이다.

그런데 웃긴 것은 그렇게 많은 고위 헌터들이 미국이나 다른 선진국에 스카우트가 되었음에도 불구하고, 한국은 재능 있는 헌터들이 꾸준히 나오고 있다는 점이었다.

그 예로 헌터 협회의 각성 헌터로만 구성된 팀 유니콘을 들 수 있었다.

각성 헌터 중에서도 특출 난 재능을 타고나 전원이 6등급 이상의 헌터이고, 전대장들은 모두 7등급 헌터들이었다.

그 때문에 세계 각국에서는 한국의 헌터들을 데려오기 위해 비밀리에 스카우트 전문 팀을 한국에 파견하여 운용 중이었다.

그러니 이번 한국 정부의 국토 수복을 보는 미국 정부의 시선은 그 어느 때보다 반짝이고 있었다.

특히나 대한민국이 공식적으로 발표한 네 번째 S급 헌터인 재식을 주시하는 시선이 많았다.

이전 대한민국 헌터계에 우뚝 솟은 세 명의 S급 헌터들은 그 위치가 위치이다 보니, 미국이라도 이들을 스카우트할 수는 없었다.

한 명은 대한민국 부동의 1위 헌터 길드의 수장이고, 또한 명은 대한민국 헌터 협회의 얼굴이었다.

그리고 나머지 한 명은 가능성이 있기는 하지만, 그 혼자로도 이미 두 번의 7등급 몬스터를 사냥한 경험이 있었다.

이런 헌터를 데려오기 위해선 미국이라도 상당한 자금을 들여야 하기에 쉽게 결정을 내릴 수가 없었다.

이는 자국 내에 있는 비슷한 헌터와의 형평성도 있고, 괜히 산토끼를 잡으려다가 집토끼까지 놓칠 수 있는 문제이기에 신중한 결정이 필요했다.

하지만 새로운 S등급 헌터는 이야기가 달랐다.

먼저 세 명의 S급 헌터는 이미 그 위치가 확고하지만, 새로운 S급 헌터는 기존의 S급 헌터에 비해 손색이 있을 뿐만 아니라 아직까지 제대로 자리를 잡지 못하고 있다는 정보가 들어왔다.

또한 그가 새롭게 만든 길드는 이제 겨우 100명인 소규모 길드였고, 소속 헌터들도 겨우 중급에 든 헌터들이었다.

그것도 발전 가능성이 있는 각성 헌터도 아닌 유전자 시술을 받은 시술 헌터들이기에 미국의 입장에선 별로 신경을 쓸 필요도 없는 전력이었다.

다만, 특별한 것이 있다면, 새로운 S급 헌터라는 재식도 시술 헌터라 알려져 있는데, 특이하게도 각성 헌터처럼 이능을 가지고 있다는 점이었다.

이 때문에 미국뿐만 아니라 유럽의 여러 나라에서도 재식을 눈여겨보고 있는 중이었다.

그런데 이런 미국을 비롯한 세계 여러 나라들에게 충격적인 소식이 전해졌다.

그것은 바로 재식이 다른 한국의 헌터 길드와는 다르게 북한 지역에 아주 성공적으로 자리를 잡았다는 것이다.

그것도 겨우 300여 명 정도의 헌터 전력으로 말이다.

그 소식에 기함을 토한 세계 각국의 정보기관은 어떻게 그럴 수 있는지 조사해 몇 가지 정보를 얻을 수 있었다.

그런데 그중에 믿기지 않는 내용이 섞여 있었는데, 바로 재식이 몬스터를 태이밍하여 다룬다는 것이었다.

동물을 조련하여 몬스터 사냥에 이용하는 헌터는 많지 않았지만 분명 존재한다.

하지만 아직까지 몬스터를 조련한다는 헌터는 들어보지

못했다.

예전 몇몇 사람들이 몬스터를 조련할 수 있다며 떠들었지만, 이들은 검증 과정에서 모두 거짓으로 밝혀졌다.

몬스터는 사람들이 생각하는 것보다 더 교활하고 또 흉포했다.

겉으로 보기에 잘 조련된 것처럼 보이다가도 빈틈만 보이면, 사람을 공격해 잔인하게 죽였다.

이런 사고가 몇 번이나 반복이 되면서 학계에서는 몬스터는 조련이 불가능하다고 발표를 하였다.

그런데 한국의 네 번째 S급 헌터가 각성 헌터처럼 이능을 다루는 것은 물론이고, 이번에는 몬스터까지 조련하여 다룬다는 소문이 나돌자 처음에는 아무도 이 소문을 믿지 않았다.

하지만 언체인 길드 전초기지 건설에 동원된 건설 노동자의 증언이 나오면서 세계 각국 정부는 이를 확인하기 위해 한국으로 사람을 파견하기에 이르렀다.

미국은 가장 많은 인원을 보냈는데, 이중에는 미국 정부 소속 헌터도 있었다.

일반인 스파이들이 아무리 훈련을 받았다고 해도 무력적인 측면에서는 헌터에 비할 바가 아니었다.

그렇기에 몬스터가 우글거리는 북한 지역을 들어가는 것에는 적합하지 못했다.

그래서 미국 정부는 정보국 산하 몬스터 헌터를 은밀하게 한국으로 보낸 것이었다.

만약 그 소문이 사실이라면 재식을 스카우트하는 것이 가장 큰 목적일 게 분명했다.

이렇게 세계 정부들은 한국의 이번 북한 지역 수복에 많은 관심을 보이며 지켜보고 있는 상태였다.

*   *   *

그그그그!

드넓은 황무지.

듬성듬성 잡초가 피어난 황폐한 땅이 들썩이며, 마치 소가 쟁기질을 한 것처럼 뒤집혀졌다.

자세히 보면 땅이 저절로 뒤집히는 것이 아니라 땅속에서 무언가가 이동을 하고 있었다.

꾸엉!

그것들이 한 번 지나갈 때마다 직경 2~3m의 고랑이 파지고 있었으며, 그것은 하나가 아니라 무려 다섯 개나 되었다.

화면으로 이를 보고 있던 사람들은 저도 모르게 마른침을 삼켰다.

꿀꺽—

"으음, 저게 뭔지 아는 사람 있습니까?"

박지원 대통령은 식은땀을 흘리며 주변에 있는 장관들에게 물었다.

하지만 그의 질문에도 자리에 있는 장관 중 어느 누구도 답을 하지 못했다.

그도 그럴 것이, 이 자리에 있는 사람 중 단 한 명을 빼고는 지금 화면 속에서 땅을 일구고 있는 것의 정체를 알지 못하기 때문이었다.

"이보시오, 김중배 회장."

보다 못한 총리가 헌터 협회장인 김중배를 불렀다.

"네."

"저 자료를 가져온 것이 회장이니 대답해 보세요. 저게 뭡니까?"

총리는 테이블 구석에 앉아 있는 김중배 헌터 협회장을 보며 질문했다.

대충 저게 몬스터일 것이라는 것은 그 덩치만 봐도 알 수 있었다.

다만, 대체 어떤 종류의 몬스터이고, 또 무엇 때문에 저런 영상을 가져와 자신들에게 보여 주는 것인지 알지 못해 사람들의 시선은 김중배 협회장에게 몰려 있었다.

"저건 샌드웜이라고, 어스웜의 일종입니다."

김중배의 대답이 끝나기 무섭게 국방부 장관이 물었다.

그가 맡은 직책이 직책이다 보니, 몬스터에 관해서 어느 정도 알고 있기에 그가 먼저 나서 질문을 했다.

"어스웜의 일종이라면 그 거대한 지렁이처럼 생긴 몬스터 말입니까?"

"예. 장관님이 생각하시는 그것이 맞습니다."

"그럼 지금 5등급 몬스터인 어스웜과 비슷한 종의 몬스터가 북한 지역에 있다는 것입니까?"

위험 등급 표에 의하면 어스웜은 5등급 이상이라고 적혀 있기에 국방부 장관은 자신이 알고 있는 정보를 토대로 물었다.

"네. 따로 움직인 언체인 길드와 저희 헌터 협회는 북한의 강령군이 있던 지역에 교두보를 만들어……."

김중배는 헌터 협회가 정부의 국토 수복 계획에 어떻게 움직이고 있는지 보고하며, 지금 보는 화면이 어떤 것인지도 장황하게 설명했다.

한참 설명을 들은 사람들은 자신도 모르게 나지막한 신음을 흘렸다.

"으음."

"끙."

소리는 조금씩 달랐지만, 그 안에 담긴 감정은 모두 경악으로 물들어 있었다.

저 넓은 황무지를 뒤집고 있는 것이 몬스터고, 또 그 몬스터들이 저런 모습을 보이는 이유가 누군가에 의해 조종에 의해서라는 설명에 놀라지 않을 수 없었다.

"그게 사실입니까?"

김중배 협회장의 설명을 모두 들은 대통령은 도저히 믿기지 않는 내용에 다시금 질문했다.

"한 치의 거짓도 없는 사실입니다."

"허."

다시 한번 여기저기서 황당하다는 신음이 터져 나왔다.

하지만 그러거나 말거나 김중배 협회장은 내심 방긋 미소를 지으며, 느긋하게 장내에 있는 사람들을 돌아보았다.

사실 이 중에 가장 직급이 낮은 이가 김중배 협회장이었지만, 현재 회의에서 가장 중요한 역할을 맡고 있는 이 또한 헌터 협회의 수장인 그였다.

더욱이 현재 진행되고 있는 일이 헌터 협회에 무척이나 유리하게 돌아가고 있었다.

그의 입장에서는 만약 이 자리에 재식이 있다면, 업고 덩실덩실 춤이라도 추고 싶은 심정이었다.

"설마 저 넓은 땅을 몬스터를 시켜 개간하겠다는 것은 아니겠죠?"

아무도 살지 않는 지역에 농작물을 재배할 수 있게끔 논이나 밭으로 개간하게 된다면 엄청난 이득을 볼 수 있었다.

대격변 이전에도 전 세계는 식량 문제로 상당한 골머리를 앓고 있었는데, 몇몇 거대 농산물 유통 카르텔이 전 세계의 농산물 생산과 유통까지 통제를 하는 바람에 대한민국도 상당한 고초를 겪은 적이 있었다.

그도 그럴 것이, 대한민국은 인구수에 비해 좁은 영토를 가지고 있어 사실 식량 수입국이나 다름없었다.

식량 자급률이 겨우 30%에 지나지 않아 수출로 벌어들인 자본 중 상당량을 식량을 수입하는 데 사용하였다.

그런데 농산물 카르텔들은 이것을 무기 삼아 대한민국에서 막대한 이윤을 챙겨 왔다.

대격변 이후 몬스터에 의해 인구수가 절반 정도 줄어들었다고는 하지만, 그에 비례하여 농지의 상당 부분을 몬스터에 의해 경작하지 못하게 되면서 상황은 나빠져만 갔다.

거기에 농산물 카르텔은 자신들 또한 농산물을 경작하던 지역에 몬스터가 들이닥쳐, 생산량이 부족하다는 이유로 가격을 올려 이중고를 겪기도 했다.

그래서 대한민국 정부는 자체적인 식량 수급을 위해 그동안 많은 농가 지원 정책을 펼쳤었다.

하지만 번번이 실패를 하였는데, 그 이유는 바로 몬스터 때문이었다.

느닷없이 생성되는 차원 게이트와 돌발 게이트 브레이크로 인해 어렵게 가꾼 농지가 몬스터에 의해 쑥대밭이 되고, 그렇지 않다고 해도 개간한 농지 한가운데 몬스터 필드가 생성이 되는 바람에 농사를 지을 농부가 들어가지를 못하는 위험한 땅이 되어 버렸다.

그렇다고 그런 땅에 헌터를 동원해 농사를 짓는 것은 배보다 배꼽이 큰 일이었다.

그러한 상황이 지속되다 보니 정부 입장에선 그동안 막대한 예산을 들임에도 별다른 재미를 보지 못했다.

하지만 몬스터를 이용해 강령군 일대를 개간하고 있는 언체인 길드의 모습을 보며, 대통령을 비롯한 장관들은 머릿속에 뭔가 환한 불빛이 반짝이는 것을 느꼈다.

"언체인 길드에서는 정부에서 약속을 이행해 줄 것을 요구하고 있습니다."

"약속이요? 무슨……."

박지원 대통령은 느닷없는 김중배 협회장의 말에 고개를 갸웃거렸다.

"헌터 길드와 국토 수복에 참여하게 되었을 때 약속한 것 말입니다."

김중배는 이미 언체인 길드의 수장인 재식과 함께하기로 약속을 했다.

그러니 그가 지금 언체인 길드의 대변인마냥 먼저 나서서, 정부가 대형 길드들과 이면 계약한 내용을 언급한 것이다.

"그 계약에 언체인 길드는 해당 사항이 없습니다."

"그게 무슨 소립니까? 해당 사항이 없다니요. 여기 보시면……."

김중배는 총리의 발뺌에 얼른 서류 한 장을 꺼내 화면에 띄웠다.

전면에 있는 프로젝터 화면에는 방금 김중배가 올려놓은 서류의 내용이 커다랗게 확대되어 띄워져 있었고, 밑에는 총리인 그의 서명과 대통령의 최종 사인까지 휘갈겨 있었다.

"끙……."

총리는 자신이 직접 사인을 한 서류를 보자 작게 신음을 흘렸다.

그 자료는 이 자리에서 공개되어서는 안 될 자료였기 때문이다.

장관들 중에서도 몇몇 인사만이 알고 있는 이면 계약 서류였고, 만약 이 자리에 있는 사람들 중 모르던 이가 정확한 내용을 알게 된다면 일이 복잡해질 수 있었다.

또 이러한 내용이 기자들의 귀에 들어가기라도 한다면, 자신은 큰 낭패를 볼 수도 있었다.

그도 그럴 것이, 이 서류는 북한 지역 수복을 하는 헌터 길드에게 그 지역의 개발권을 준다는 내용이었다.

그런데 문제는 정부가 모든 헌터 길드에 이러한 내용을 공표하지 않았다는 것이다.

일부 대형 길드들에게만 이면 합의를 하고, 다른 중소형 길드들에게는 내용을 알리지 않았다.

이득에 민감하게 움직이는 것은 대형 길드만이 아니었다.

작은 헌터 길드라도 그들과 연관이 있는 기업이 있었고, 또 헌터 길드 또한 이윤을 쫓는 이익집단이기에 이들도 이러한 내용을 알게 된다면 분명 무언가 말이 나올 것이 분명했다.

그런데 지금 헌터 협회장이 이러한 중요한 자료를 공개된 자리에서 떡하니 내놓은 것이었다.

자신보다 직급이 낮기는 하지만, 이 자리에 있는 이들도 한 나라의 장관들이었다.

이들과 연관이 있는 사람들은 대형 길드에 속한 이들만이 아니다.

비록 규모는 작지만 튼실한 중견 길드도 있었고, 30대 기업은 아니지만 100대 기업 안에 들어가는 기업들이 후원하는 소형 길드도 있었다.

그러니 대형 길드와만 이면 합의를 봤다는 정보를 자신들과 연관이 된 사람들에게 알린다면, 제아무리 총리라도 자리 보전하기가 힘들 수 있어 신음을 흘린 것이었다.

"여기에 보면 분명, 수복한 헌터 길드에 우선권을 준다고 명시되어 있지 않습니까?"

김중배는 아무런 대답도 하지 못하고 있는 총리를 건너뛰고, 박지원 대통령을 보며 물었다.

"그렇기는 하지만……."

"언체인 길드의 길드장은 개간이 끝난 땅에 바로 농작물을 심고 싶어 합니다."

"하지만 아직 그곳은 위험한 곳이오."

"위험하다니요. 이미 강령군 일대는 물론이고, 옹진과 태탄까지 수복하고 안정화시켰습니다."

마치 자신의 업적을 말하듯 떠든 김중배 협회장은 기계를 조작해 화면에 북한 지역 지도를 띄웠다.

그는 레이저 포인터로 자신이 말한 지역을 짚으며 녹색으로 칠했고, 이내 계속해서 설명을 이었다.

그런데 김중배 협회장이 띄운 지도에는 녹색으로 칠해진 지역 중간중간 검정색으로 표시된 곳이 있었다.

"여길 보시면 녹색으로 표시된 지점 보이실 겁니다. 여기가 바로 언체인 길드와 저희 헌터 협회가 수복한 지역입니다. 그리고……."

김중배의 설명은 청산유수처럼 막힘없이 쏟아져 나왔다.

그리고 이런 설명을 듣고 있는 대통령이나 장관들은 압도적인 전공에 화면에 있는 지도에서 시선을 떼지 못했다.

'언체인 길드가 그렇게 대단한 곳이란 말인가?'

회의실 안에 있는 사람들의 머릿속에는 이런 생각이 떠올랐다.

분명 회의 전에 언체인 길드에 관한 정보를 보았다.

그들의 수장이 비록 S급 헌터라고는 하지만, 이제 겨우 20대 중반의 젊은 헌터였다.

게다가 정식 길드원은 100명에도 못 미치는 숫자라고도 들었다.

아무리 헌터 협회의 도움을 받았다고는 하지만, 대형 길드도 아직까지 북한 지역을 수복하지 못하고 몬스터와 일진일퇴를 거듭하고 있는 상황이었다.

그런데 언체인 길드는 안정적으로 국토를 수복한 것은 물론이고, 그것도 부족해 이제는 개간까지 끝내고 농사를 지으려고 한다는 것이었다.

분명 헌터 협회장의 말대로만 된다면 자신들 입장에서도 나쁠 것은 없었다.

대형 길드와 맺은 이면 합의라고는 해도 굳이 그것을 대형 길드에만 적용할 필요는 없었다.

수복한 북한 지역을 개발하는 것은 굳이 대형 길드가 아니어도 상관이 없는 일이기 때문이었다.

아니, 어쩌면 대형 길드가 아닌 것이 정부 입장에서는 더욱 좋았다.

왜냐하면 지금 화면에 떠 있는 계약 서류에는 자신들이 대형 길드와 합의한 내용이 자세하게 나와 있지 않아, 정확히 어떤 비율로 계약 이행이 되는지 알 수 없었기 때문이다.

제아무리 헌터 협회장이라 해도 그런 정보까지는 알아내지 못한 듯싶었다.

　하지만 이러한 생각은 김중배 협회장의 이어지는 말로 산산조각이 났다.

　"언체인 길드장의 말에 의하면 정부에서 헌터 길드에게 세금 감면 혜택을 상당 부분 약속했다고 하더군요."

　김중배 협회장은 승리의 미소를 지으며, 고개를 돌려 총리를 쳐다봤다.

　그가 뭔가 알고 있다는 것을 깨달은 이낙훈 총리는 인상을 찌푸렸다.

　'뭔가 알고 있군.'

　이낙훈 총리와 눈을 마주친 김중배는 자신의 뜻이 잘 전달되었다는 것을 깨달았다.

　그는 곧장 시선을 돌려 대통령을 쳐다보았다.

　"3개월이나 지난 국토 수복에 대한 성과를 슬슬 발표할 때도 되었고, 지지부진한 대형 길드들에게 압력을 행사할 필요도 있을 것 같은데, 언체인 길드의 성과를 이번 기회에 발표하는 것이 어떻겠습니까?"

　이낙훈 총리는 김중배의 말에 어느 정도 일리가 있다고 판단을 했지만, 그의 말에 동의하기에는 무언가 개운하지 않은 느낌이 들었다.

　"음, 굳이……."

"오호, 나쁘지 않군."

총리는 무언가 말을 꺼내 보려다가 대통령인 박지원이 김중배의 의견에 호응을 해 버리는 바람에 말을 멈출 수밖에 없었다.

박지원 대통령의 입장에선 방금 전 김중배 헌터 협회장의 말이 솔깃했다.

아들과 관련된 비리를 숨기기 위해 급하게 진행한 작업이 바로 북한 지역의 수복 계획이었다.

그런데 국토 수복 계획을 시작한 지 3개월이 다 되어 감에도 아직까지 그 성과가 보고되지 않고 있었다.

아니, 오히려 현장에서 쏟아지는 헌터들의 사망과 부상에 관한 뉴스만이 방송되고 있는 바람에 국민들 사이에서는 이번 국토 수복이 시기상조였다는 말이 나오는 중이었다.

그러다 보니 정부 입장에서도 참으로 난감했다.

이런 상황에서 김중배 협회장의 기막힌 의견이 제시되었으니, 박지원 대통령 입장에서는 이루 말할 수 없을 만큼 좋은 기회였다.

"그런데 저 몬스터는 어떻게 다루는 것입니까?"

박지원 대통령은 참으로 신기했다.

동물들을 포획하여 다루는 헌터들은 간혹 들어 본 적이 있었다.

하지만 몬스터를 동물처럼 다루는 헌터는 지금까지 듣도

보도 못 했다.

"저도 자세히는 알지 못하지만, 언체인 길드의 정재식 길
드장의 능력은 무척이나 다양하다고 합니다. 그리고 몬스터
를 길들이는 것도 그 능력 중 하나라고 합니다."

김중배는 마치 자식에 대한 자랑을 하듯 재식을 박지원
대통령에게 설명하였다. 그런 김중배의 모습을 보며 이낙훈
총리는 미간을 찌푸렸다.

'역시 뭔가 있군.'

오랜 기간 정치에 몸담고 있는 이낙훈 총리이다 보니, 지
금 보이는 김중배 헌터 협회장의 모습에서 무언가 이상한
점을 발견할 수 있었다.

2. 새로운 재앙급 몬스터의 출현

봉래호는 옛 북한 강원도 평강군 서부에 위치해 있고, 평강 평원 29.75㎢에 이르는 지역에 관개용수를 공급하는 엄청난 크기의 수원이었다.

　하지만 대격변 직후 차원 게이트 안에서 쏟아진 몬스터에 의해 북한이 무너지고, 이 일대는 무주공산으로 몬스터의 차지가 되었다.

　그런데 어느 순간부터 이렇게 조용하던 봉래호에 특이한 일이 발생하기 시작했다.

　호수의 밑바닥에서 밝은 빛이 한차례 발생하더니 물의 색이 바뀌었다.

예전에도 맑고 푸른빛이었는데, 이제는 쪽빛으로 더욱 짙어졌다.

물의 색깔이 바뀌는 것은 오염이 되는 경우가 대부분이었다.

그렇지만 봉래호는 인근에 인가와 공장이 없어 오염수가 유입될 일이 없는 그야말로 천연의 상태였다.

그럼에도 물색이 더욱 짙어졌으니, 참으로 요상한 일이 아닐 수 없었다.

하지만 봉래호의 물색이 바뀐 것은 물이 오염돼서 그런 것이 아니라 얼마 전 물속에서 밝은 빛이 폭발한 것이 원인이었다.

봉래호의 물이 쪽빛으로 바뀐 것은 바로 호수 바닥에 생성된 차원 게이트가 브레이크를 일으켰기 때문이다.

*   *   *

[크악! 아파! 아프단 말이야!]

호수 밑바닥에 잠들어 있던 어떤 존재가 거대한 몸을 뒤틀며 괴로워하고 있었다.

그그그그!

그럴 때마다 그 존재의 몸을 감싸고 있던 물이 크게 출렁였다.

[크아아아!]

머리의 크기가 10m는 넘어 보였고, 몸통의 굵기도 직경 10m는 되었으며, 전채 몸길이는 100m를 가뿐히 넘었다.

거대한 뱀을 연상시키는 그것은 특이하게도 커다란 박쥐 형태의 날개가 세 쌍이나 달려 있었다.

가장 큰 날개는 좌우 폭이 몸길이와 맞먹을 정도였다.

중간에는 그보다 작은 날개가 있었고, 꼬리 근처에 30m쯤 되어 보이는 작은 날개가 있었다.

어떻게 보면 뿔이 없는 용같이 보이기도 한데 용은 아닌 것 같고, 그렇다고 서양의 드래곤이라 보기에는 몸통이 뚱뚱한 형태가 아닌 뱀처럼 날렵했다.

참으로 희한한 생김새를 가진 존재였다.

그런데 이상하게도 그 존재가 괴로움에 몸을 꿈틀꿈틀할 때마다 몸에 난 비늘들이 반짝이며 빛을 발했고, 그럴수록 그 색이 점점 흐릿해지고 있었다.

[그아아! 괴로워!]

파지직—

물속임에도 불구하고, 그 존재가 요동을 칠 때마다 비늘과 비늘 사이에서 마치 전류가 티는 듯 파지직거리는 소리가 들렸다.

*　　　*　　　*

와아—

크워엉!

구룩.

취익—

드넓은 평강 평원 일대에 요란한 함성과 괴성이 뒤섞인 소음이 울려 퍼졌다.

그곳에는 인간과 몬스터들의 전쟁이 벌어지고 있었다.

대한민국 헌터 랭킹 11위에 랭크되어 있는 거대 길드인 현무의 공대장인 정현무는 자신의 공대원들과 이번 동원령에 참가한 헌터를 데리고, 자신들보다 배는 많아 보이는 몬스터 무리와 전투를 벌이고 있었다.

"무영아, 밀어붙여!"

저 멀리 떨어진 친우이자 부공대장인 최무영을 보며 소리쳤다.

"전선이 밀리면 안 된다!"

저 멀리서 들려오는 외침을 알아들은 그도 동조하여 소리쳤다.

그리고 이런 두 사람의 목소리에 힘입어 헌터들은 조금 더 기운을 내 몬스터들을 몰아갔다.

"죽여!"

"죽어라!"

꽈광!

퍽! 퍽!

구워어억!

헌터들이 몰아치자 몬스터도 마냥 당하고만 있지는 않았다.

비록 전체적인 무력에서는 헌터들에게 밀리지만, 자신들의 숫자가 훨씬 많다는 것을 알고 있다는 듯이 몬스터들은 한 치의 물러섬이 없었다.

아니, 실은 자신들의 뒤편으로 커다란 호수가 있어서일지도 몰랐다.

여기서 밀리면 호수 속으로 빠진다는 것을 알기에 몬스터들은 이전보다 더 필사적으로 헌터들에게 달려들었다.

그 모습은 너무나 처절했지만, 어느 누구도 그러한 사정을 알 수 없었다.

그저 자신의 앞에 놓인 몬스터를 처리하고, 연이어 그 뒤에 있는 몬스터를 상대할 뿐이었다.

구웍!

퍽!

끄웍!

헌터의 손에 몬스터가 쓰러졌다.

또 그 뒤를 덮치는 몬스터에 의해 헌터가 죽어 나가는 것이 반복됐다.

전투가 벌어지고 있는 평강 평원 일대는 그야말로 아수라장이 따로 없었다.

서로 생존을 위해 처절하리만치 잔인한 싸움이 벌어지고 있었으며, 그들이 흘리는 피는 한데 뒤섞여 인근의 봉래호로 흘러들어 갔다.

그런데 어느 순간 잔잔하던 봉래호의 수면이 흔들리기 시작했고, 전투에 몰입한 탓에 헌터들은 어느 누구도 이를 눈치채지 못했다.

몬스터들은 무엇 때문인지 봉래호의 물결이 일렁일 때마다 더욱 괴성을 지르며 헌터들 사이로 파고들어 날뛰었다.

크앙!

"이것들 왜 이래?"

"몬스터들이 최후의 발악을 하는 것 같다."

"그러게 말이야."

헌터들은 몬스터가 날뛸 때마다 그렇게 생각하며, 들고 있는 무기에 힘을 주고 몬스터를 향해 내리쳤다.

곧 끝날 거라는 희망을 가지고…….

부르르.

철썩—

헌터들이 더욱 미쳐 날뛰는 몬스터를 잡기 위해 정신을 집중하고 있을 때, 그리 크지 않은 봉래호가 갑자기 요동을 쳤다.

그러면서 때 아닌 파도가 일렁였다.

미국의 오대호나 아프리카의 빅토리아 호수처럼 그 규모가 무척이나 넓어 바다를 연상하는 호수도 아니고, 겨우 둘레가 14.6㎞에 불과한 봉래호에서 파도가 인 것이다.

이에 헌터들은 너무 놀라 전투도 멈추고 잠시 봉래호를 쳐다보았다.

하지만 헌터들과 죽기 살기로 싸우던 몬스터들은 아니었다.

평소 인간만 보면 흉포한 살기를 피우며 막무가내로 달려들던 몬스터들이었다.

그러나 놈들은 조금 전까지 싸우던 헌터들을 놔두고 갑자기 호수와 최대한 멀어지겠다는 듯, 헌터들을 피해 반대쪽으로 도망을 치기 시작했다.

그륵, 그륵.

켕, 켕!

'뭐지?'

잔잔하던 호수가 요동을 치는 것에 시선을 빼앗긴 헌터들은 갑자기 들리는 하울링에 놀라 몬스터에게로 시선을 옮겼다.

순간적으로 자신들이 어떤 실수를 한 건지 깨닫고는 순간 오싹한 느낌을 받았다.

'몬스터를 상대하면서 한눈을 팔다니.'

보통이라면 이런 순간 몬스터의 기습에 목숨을 잃었을 것이다.

하지만 어찌된 영문인지 몬스터들은 눈앞에 자신을 두고도 뒤도 돌아보지 않고 도망을 치고 있었다.

마치 저기 요동치는 호수 안에서 어떤 무서운 것이 나타날 것처럼 말이다.

'뭐야? 저것들 왜 저러는 거야?'

헌터들은 갑자기 몬스터들이 달아나는 모습에 의아해 하면서도 또 한편으로는 계속해서 이상 현상이 벌어지고 있는 봉래호를 쳐다보았다.

"다들 뭐 하는 거야?!"

헌터들이 멀어지는 몬스터를 그냥 두고 호수만 바라보고 있자 정현무가 소리쳤다.

이에 헌터들이 막 반응을 하려던 찰나 이변이 벌어졌다.

촤아아!

요동을 치던 봉래호 가운데에서 커다란 물줄기가 솟구쳤다.

크아아앙!

부웅! 부웅!

"윽!"

"으악!"

갑자기 솟구친 물줄기 속에서 아주 거대한 무언가가 튀어

나왔다.

그러고는 놈이 커다란 괴성을 지르자, 이를 들은 헌터들은 강렬하게 때리는 굉음에 귀를 잡고 땅바닥에 쓰러졌다.

크앙!

쫘아아아—

용을 닮은 그것은 봉래호의 수면 위에 떠서 자신을 보고 있는 헌터들을 향해 커다란 입을 벌렸다.

그리고 얼마 지나지 않아 그 안에서 엄청난 물줄기가 쏟아져 나왔다.

"으악!"

커다란 입에서 쏟아진 공격은 강인한 육체를 가진 헌터들의 육신을 마치 젖은 휴지 조각마냥 찢어 버렸다.

한순간에 너비 30m, 길이 300m의 커다란 고랑이 파였다.

그러고 나서 그 일대에는 헌터고 몬스터고 아무것도 남지 않았다.

[크악! 괴로워!]

이계에 적응하기 위해 조용히 호수 밑바닥에서 참고 있던 슈마리온은 더 이상 고통을 참지 못하고 물 밖으로 나왔고, 본능적으로 전방에 대고 워터 브레스를 발사하였다.

슈마리온이 브레스를 토해 낸 것은 그저 고통을 잊기 위해 한 행위였다.

하지만 무심코 던진 돌에 개구리가 죽는 것처럼 500명의 헌터와 도망을 치던 상당수의 몬스터들은 그의 워터 브레스 한 번에 흔적도 없이 사라져 버렸다.

더 정확히 말하자면, 범위에서 벗어난 곳에 있던 최무영과 몇 명의 헌터를 빼고는 슈마리온의 워터 브레스를 맞고 사라졌다.

마치 커다란 워터 제트를 맞고 대지가 잘린 것처럼 깊은 흔적을 남겼다.

땡그랑!

'어떻게…….'

최무영은 무기도 떨어뜨리고 깊게 파인 고랑의 아래를 쳐다봤다.

조금 전까지만 해도 자신과 함께 몬스터를 상대하던 길드원들과 어젯밤까지만 해도 자신과 함께 현무 길드의 간부가 되자며, 자신의 포부를 밝히던 친우가 흔적도 없이 사라져 버렸다.

끄아!

멍하니 대지의 흔적을 살피던 최우영의 귓가에 겁에 질린 몬스터의 비명 소리가 들렸다.

'아!'

몬스터의 다급한 소리에 정신을 차린 최무영이 고개를 들고 소리가 난 방향을 쳐다보았다.

저 멀리 도망치는 몬스터의 뒤로 커다란 그림자가 드리웠다.

그리고 잠시 뒤, 평강 평원 일대에 또 한 번의 굉음이 울려 퍼졌다.

쿠하—

쿠구구궁!

달아나는 몬스터의 뒤로 슈마리온의 워터 브레스가 다시 한번 덮친 것이었다.

최무영의 눈에 비친 그 모습은 무언가 이상했다.

언뜻 봐도 봉래호 아래에서 솟구친 몬스터는 7등급 이상의 몬스터였다.

그것도 최소 엘리트 이상의 몬스터처럼 보였다.

그럴 수밖에 없는 것이, 그 크기만 해도 까마득했기 때문이다.

게다가 놈이 쏘아 낸 워터 브레스의 파괴력도 그런 판단에 한몫했다.

평야라고는 해도 가꾸지 않아 야생의 잡초로 뒤덮인 대지에 너비 30m, 깊이 15m, 길이 100m정도의 커다란 흉터를 남겼다.

분명 물이란 것이 물리력을 가지고 있다고는 하지만, 땅에 그만한 흔적을 남기기 위해서는 엄청난 에너지가 필요한 것은 누구나 다 알 수 있는 사실이었다.

그런데 봉래호에서 나온 몬스터는 별다른 힘도 들이지 않고 쏘아 낸 브레스만으로 그만한 흔적을 남긴 것이었다.

때문에 최무영이 슈마리온을 최소로 잡아도 7등급, 그중에서도 일반 몬스터가 아닌 보스 몬스터 이상이라고 판단을 내렸다.

더군다나 커다란 덩치에도 불구하고, 땅을 기는 것이 아니라 공중에 떠서 이동을 하였다.

그 신속함은 지금까지 최무영이 상대한 그 어떤 몬스터보다도 민첩해 보였다.

그렇기에 7등급 헌터인 그는 감히 슈마리온에게 덤벼들 생각도 못 하고 조심스럽게 현장을 빠져나가기 위해 몸을 움직였다.

"부공대장님."

"최무영 헌터님, 이젠 어떻게 합니까?"

슈마리온의 워터 브레스에서 기적적으로 살아남은 헌터들이 겁에 질린 목소리로 최무영을 불렀다.

"이곳에서 저희가 할 수 있는 건 더 이상 없습니다. 저희가 할 수 있는 일이라고는 이곳에 7등급 엘리트 이상의 몬스터가 존재한다는 사실을 본대에 알리는 것뿐입니다."

최무영은 결의에 찬 목소리로 자신을 쳐다보는 헌터들에게 그렇게 대답하였다.

하지만 이들이 현장을 빠져나가는 것은 쉽지 않아 보였다.

몬스터를 쫓던 슈마리온이 다시 이곳으로 돌아오고 있었기 때문이다.

＊   ＊   ＊

현무 길드의 길드장인 권진국은 국토 수복 제2사령부로부터 전달된 전문을 읽었다.

쾅!

그는 분노를 숨기지 못하고 책상을 내리쳤다.

꽈득!

헌터 등급 7등급의 그의 힘을 이기지 못한 원목 탁자는 그대로 부서지고 말았다.

"어떻게……."

자신의 휘하에 있는 정규 헌터 공대 하나가 몬스터 사냥을 나가 몇 명 빼고는 모두 전멸한 내용이 고스란히 적혀 있었다.

비록 상위 공대는 아니라고 해도 현무 길드에 속한 정규 공대 중에서는 중간 순위에 있는 공대가 한순간에 증발해 버린 것이다.

그것도 몬스터의 공격 한 번에 흔적도 남기지 않고 말이다.

도저히 믿고 싶지 않은 소식이었지만, 그렇다고 이 사실을 믿지 않을 수도 없었다.

이러한 믿기 힘든 보고를 한 것이 그 전멸한 공대의 유일한 생존자이자 부공대장인 최무영이기 때문이었다.

최무영으로 말할 것 같으면 헌터 레벨이 61레벨인 7등급 헌터로서 조만간 새롭게 구성될 정규 공대의 공대장으로 낙점된 헌터였다.

그런 최무영이 몬스터에게 도망쳐 피해 보고를 했고, 눈앞에서 자신이 속한 공대가 한순간에 사라지는 것을 목격했다.

덜컹.

"길드장님!"

갑자기 권진국의 임시 사무실의 문이 열리며 누군가 급히 소리쳤다.

"뭐야?"

권진국은 무례하게 노크도 없이 문을 열고 자신을 부르는 길드원에게 물었다.

"제5공대의 부공대장인 최무영이 급히 길드장님께 보고할 것이 있다고 찾아왔습니다."

아직 제5공대가 전멸에 가까운 피해를 입은 것을 듣지 못한 부관이었다.

그는 권진국에게 몬스터 사냥에 나간 최무영이 돌아온 것에 대한 보고를 하였다.

"들어오라고 해."

"알겠습니다."

"간부들도 좀 모이라 전하고."

권진국은 보고를 마치고 돌아서려던 부관에게 쉬고 있을 간부들까지 불러오라는 지시를 하였다.

"알겠습니다."

이내 부관이 문을 닫고 임시 길드장실을 빠져나가자, 권진국은 깍지를 껴 턱에 괴고는 무언가 생각에 잠겼다.

똑똑똑.

"길드장님, 제5공대 부공대장인 최무영입니다. 들어가도 되겠습니까?"

문밖에서 노크 소리와 함께 최무영의 목소리가 들렸다.

"들어와."

덜컹.

최무영은 문을 열고 들어와서는 조용히 고개를 숙이며 목례를 하였다.

"앉아."

임시 사무실이라고는 하지만 권진국의 집무실에는 커다란 테이블도 놓여 있었다.

"예."

길드장인 권진국의 권유에 최무영은 바른 걸음으로 의자

에 가서 앉았다.

"길드장님, 보고……."

"아, 잠깐. 조금 뒤에 간부들도 모일 거야. 자세한 보고
는 그때 듣도록 하지."

막 최무영이 무언가 말을 하려고 하자 권진국은 손을 들
어 그를 막았다.

"알겠습니다."

그렇게 보고를 하려던 것이 막히고 얼마의 시간이 흐르
자, 문밖에서 노크 소리가 들렸다.

똑똑똑.

"들어와."

권진국은 방문한 이가 자신이 부른 현무 길드의 간부들이
란 걸 알고 있기에 노크 소리가 들리기 무섭게 들어오라는
말을 하였다.

"찾으셨습니까?"

실내로 들어온 커다란 덩치의 사내가 먼저 인사를 하고,
그 뒤로 들어서는 사람들은 조용히 목례를 하며 그의 뒤를
따랐다.

선두로 들어오면서 질문을 한 이는 현무 길드의 부길드장
이자 제1공대의 공대장인 고영욱이었다.

원래 제1공대의 공대장은 길드장인 권진국이었다.

그러나 권진국이 일선에서 물러나 몬스터 헌터로서의 일

보다는 길드 관리에 주력을 하다 보니, 부길드장인 고영욱이 이제는 제1공대의 장이 되어 공대를 이끌어 가고 있는 중이었다.

그런 고영욱을 필두로 남녀가 섞인 무리 십여 명이 사무실 안으로 들어왔다.

"모두 자리에 앉도록."

심각한 표정이 된 권진국이 현무 길드의 간부들을 보며 지시했다.

"예!"

모두가 착석할 때까지 지켜보던 권진국은 굳은 표정으로 자리에 앉은 간부들을 보며 한마디하였다.

"먼저 우리의 곁을 떠난 정현무 제5공대장의 명복을 비는 의미로 잠시 묵념을 한다."

권진국은 그렇게 말을 하고는 짧고 묵직한 목소리로 말했다.

"모두 묵념."

현무 길드의 간부들은 그런 권진국의 목소리에 아직 아무런 말도 듣지 못했지만, 심각한 분위기에 조용히 묵념을 하였다.

"그만. 이제 보고해 봐."

권진국은 짧게 묵념을 하고는 최무영에게 시선을 던지며 말을 하였다.

그러자 실내에 있던 모든 현무 길드 간부들의 시선도 일제히 최무영에게 쏠렸다.

한편, 자신에게 모든 사람들의 시선이 몰리자, 최무영은 순간적으로 가슴이 답답해졌다.

하지만 길드장인 권진국의 말이 있었기에 어떻게 된 것인지 보고를 해야만 했다.

"예. 그러니까……."

최무영은 자신과 제5공대가 국토 수복 계획에 동원된 헌터들 일부와 함께 몬스터 사냥을 하던 것에서부터 이야기하였다.

그렇게 한참을 설명을 하던 중 최무영은 순간 말을 멈췄는데, 당시 상황이 떠올랐기 때문이었다.

부르르르!

자신도 모르게 그때의 기억으로 인해 중요한 자리란 것을 잊고, 잠시 뜸을 들이며 몸을 떨었다.

그러한 최무영의 모습에 권진국을 비롯한 간부들은 의아한 표정으로 그를 주시했다.

"뭔가?"

"아, 아닙니다. 그럼 계속하겠습니다."

이야기를 하다 멈춘 최무영은 조금 더 기억을 더듬어 당시 상황을 설명했다.

"저희는 봉래호 근처에서 몬스터 천여 마리를 상대로 전투를 벌였습니다. 비록 몬스터들의 숫자가 저희보다 배는 많았지만, 등급이 높은 몬스터는 별로 없어 별다른 피해 없이 상대하고 있었는데……."

설명이 이어지자 사람들의 관심은 더욱 짙어졌다.

"엄청난 크기의 몬스터가 나타나 기습을 하였습니다."

이야기를 하던 중 최무영은 다시 한번 그 당시의 일이 떠올라 진저리를 쳤지만, 이야기를 멈추진 않았다.

"그것의 크기는 최소 100m는 되어 보였는데……."

"보였는데?"

"하늘을 날고 있었습니다."

"뭐?!"

"아니, 아무리 몬스터라지만, 그렇게 커다란 놈이 하늘을 날고 있었다고?"

"허, 그걸 지금 우리보고 믿으라는 소리야?"

최무영의 말이 끝나지도 않았는데, 여기저기서 그를 성토하는 목소리가 터져 나왔다.

대격변 이후 전 세계에 출몰한 몬스터 중 그렇게 거대한 몬스터가 하늘을 날아다니는 경우는 아직까지 보고된 적이 없었다.

차원 게이트에서 나온 몬스터 중에서 가장 큰 것이 작년에 일본에서 잡힌 야마타노 오로치로, 전체 길이가 100m를 넘어갔다.

사실 그렇게 커다란 몬스터가 나온 것은 일본에서가 처음이었다.

그 때문에 7등급 보스 몬스터를 퇴치한 이력이 있는 나라에서도 일본 정부에서 구원 요청을 할 때 이를 거부했다.

자국에 나타난 몬스터도 아닌데 괜히 외국의 위기를 돕는다고 자국의 헌터를 파견을 보냈다가 혹시라도 잘못되면, 그 손해는 이루 말할 수도 없을 것이었다.

더욱이 일본에 나타난 몬스터는 기존 몬스터 분류가 7등급까지 있어 위험 등급을 7이라 한 것이지, 언뜻 봐도 야마타노 오로치는 그 이상으로 보였다.

원래 야마타노 오로치의 등급은 재식이 여러 헌터들과 잡은 어스 드레이크 오마르와 동급이었다.

즉, 오마르와 같은 7등급의 보스 몬스터였다는 것이다.

하지만 야마타노 오로치는 일본이 퇴치를 하던 과정에서 오히려 헌터들을 죽이고 잡아먹으면서 성장을 했고, 그렇게 초기 등급을 넘어서게 되었다.

그러니까 한마디로 헌터만이 몬스터를 잡고 성장을 하는 것이 아니라는 말이었다.

몬스터 또한 다른 몬스터나 헌터를 잡아먹고 그들이 가진 에너지를 흡수하면서 등급을 올릴 수 있었다.

이러한 사실을 미리 알고 있었다면, 일본 정부나 헌터 협회가 무모하게 헌터들을 사지로 몰아세우지 않을 터였다.

대신 한 번에 전력을 모아 몰아치거나 아니면 자존심을 내세우기 전에 먼저 7등급 보스 몬스터를 퇴치한 국가에 요청을 했을 것이다.

하지만 이러한 사실을 알지 못하기에 야마타노 오로치는 그렇게 기존에 알고 있는 위험 등급 이상의 몬스터가 되어 버렸다.

그런데 지금 최무영은 길드의 간부들이 모인 자리에서 제5공대를 전멸시킨 그 몬스터의 덩치가 일본에서 규격 외라고 판정을 내린 야마타노 오로치에 버금간다고 말하고 있는 것이었다.

게다가 그에 그치지 않고 무려 하늘을 난다는 말까지 나와 현무 길드의 간부들은 이 말을 믿으려 하지 않았다.

도저히 상식적으로 말이 되지 않기 때문이었다.

아무리 몬스터가 상식적이지 않은 존재라 하지만, 몬스터도 생명체이기에 하늘을 날기 위해선 물리적인 영향을 받을 것이 분명했다.

그 때문에 지금까지 발견된 비행형 몬스터들은 최대 30m를 넘지 못했다.

솔직히 30m의 크기를 가진 몸체가 난다는 것부터가 말이 되지 않았다.

다만, 마정석이라는 몸속에 엄청난 에너지 덩어리를 가지고 있기에 그것의 힘으로 하늘을 날 수 있다고 하더라도

100m는 도저히 상상이 가지 않았다.

이 자리에 있는 이들이 생각하기에 만약 그게 사실이라면, 어쩌면 일본에서 잡힌 야마타노 오로치와 같거나 그 이상이란 소리였다.

몬스터의 크기는 공중 비행형, 육상형, 해수형 순으로 평균 크기가 커졌다.

그도 그럴 것이, 하늘을 날기 위해서는 아무리 몬스터라도 무게가 많이 나가면 힘들기 때문이었다.

하늘을 나는데 덩치가 크다는 것은 더욱 많은 에너지가 필요하고, 효율적이지 못하다는 말이었다.

때문에 비행형 몬스터들은 크기도 작고 육상형이나 해수형에 비해 무게도 덜 나갔다.

그런데 그 크기가 100m 이상이라니.

최소로 잡아도 야마타노 오로치보다 강할 수 있었다.

야마타노 오로치는 육상형 몬스터와 해수형 몬스터의 중간으로 100m가 넘어갔으며, 그의 몸에서 나온 마정석도 기존에 잡힌 7등급 몬스터의 것보다 크고 에너지 밀집도가 높았다.

그리고 이들이 최무영의 보고에서 놓치지 않는 내용이 있었는데, 바로 그 몬스터가 단단한 대지에 커다란 상흔을 만들었다는 내용이다.

즉, 입에서 내뿜은 브레스가 야마타노 오로치가 만들어

낸 흔적보다 더 깊고, 단일 속성의 브레스임에도 대지에 15m 깊이의 흔적을 만들어 냈다는 것이다.

규격 외 몬스터인 야마타노 오로치는 겨우 5m 깊이의 흔적을 만들어 냈는데 말이다.

물론 놈의 브레스는 부채꼴 모양으로 분사되어 물리력이 슈마리온의 워터 브레스에 비해 약할 수도 있겠지만, 어찌되었든 객관적 파괴력으로 보면 워터 브레스가 더욱 강력할 것으로 보였다.

그것으로 두 몬스터의 강약을 완전히 비교할 수는 없었다.

하나 그래도 대지에 깊은 흔적을 남긴 슈마리온이 더욱 강할 수 있다는 생각은 하고 있어야만 이후를 대비할 수 있을 것이었다.

만약 저 말이 사실이라면 봉래호에 나타난 몬스터는 야마타노 오로치 이후로 재등장한 규격 외 몬스터이며, 현무 길드의 힘으로는 도저히 막을 수 없는 존재였다.

강한 것도 강한 것이지만, 하늘에서 날아다니는 몬스터를 어떻게 공격한단 말인가.

양서 몬스터인 야마타노 오로치도 미끼를 동원해 육지로 끌어 올린 뒤에야 겨우 퇴치를 하였다.

그런데 이번 봉래호 몬스터는 그것마저도 불가능했다.

어찌어찌 유인을 한다고 해도 공중에 떠 있는 몬스터를

공격하는 것도 힘들었다.

게다가 일격에 수백 명의 헌터와 방어력이 뛰어난 몬스터들을 흔적도 남기지 않고 찢어발기는 놈을 막을 방도가 없었다.

막거나 피할 수 없는 공격.

원거리 공격이 아니면 도저히 공격이 닿지 않는 비행형.

그리고 무엇보다 헌터들의 원거리 공격이 통한다고 단정 짓기도 힘들었다.

그런 상황에서 어떻게 공략을 해야 할지 참으로 난감한 문제였다.

물론 중부 전선에 투입되는 대형 헌터 길드가 현무 길드 하나만 있는 것은 아니지만, 그래도 자신들 앞에 놓인 몬스터이니 어떻게든 레이드를 해야만 했다.

문제는 레이드할 방법이 없기에 현무 길드의 길드장인 권진국을 비롯한 현무 길드의 간부들의 머릿속은 갈수록 복잡해져만 갔다.

"허, 이 말을 안 믿을 수도 없고… 참으로 난감한 문제군."

한동안 생각에 잠겨 있던 권진국은 그렇게 중얼거렸다.

그리고 이러한 심각한 회의는 비단 이곳 현무 길드의 임시 사무실에서만 일어나고 있지 않았다.

현무 길드의 제5공대를 포함한 500명의 헌터가 몬스터 사냥을 나가 전멸한 이야기는 이곳 중부 전선뿐만 아니라 사방으로 퍼져 나갔다.

동해 쪽의 동부 전선과 개성시가 있던 곳에서 몬스터와 공방을 펼치고 있던 서부 전선.

그리고 다른 세 곳의 전선과는 다르게 안정적으로 북한 지역을 수복하고, 안전한 땅으로 만들고 있는 언체인 길드 와 헌터 협회 파견대에도 알려졌다.

이렇게 대한민국에 또다시 새로운 7등급 이상의 몬스터 가 나왔다는 소식은 해외에도 신속하게 전해졌다.

그로 인해 한국이 국토 수복을 하는 것에 관심을 보이던 해외 각국 정부와 사람들은 그들이 이번에 나온 새로운 재 앙급 몬스터를 어떻게 처리할지에 귀추를 주목했다.

어쨌든 다른 국가에서는 자국에 그러한 몬스터가 나오지 않는 것에 안도를 하는 상황이 벌어졌다.

또 일부 국가는 7등급의 몬스터가 자주 출몰하는 한국을 위험한 나라로 지정하며 한국에 있는 자국 국민들을 불러들 이고, 자국민에게 위험 국가로의 여행을 자제시켰다.

한편, 한국과 가까운 어느 나라는 이러한 재앙급 몬스터 가 자주 출몰하는 것에 겉으로는 표현을 하지 않지만 아주 기뻐하였다.

3. 철원으로

정부의 국토 수복 계획으로 헌터들에게 총 동원령을 내린 상태였다.

　하나 그렇다고 모든 헌터가 모인 것은 아니었다.

　먼저 차원 게이트의 브레이크 시간을 고려하여 그것을 방어할 전력을 빼야만 했고, 또 전력에 도움이 되지 않는 중급 미만의 헌터들도 제외시켜야만 했다.

　그렇게 선별된 헌터들은 동부, 중부, 그리고 서부로 나눠 몬스터의 땅이 되어 버린 옛 북한 지역으로 동시에 진격을 하였다.

　하지만 생각보다 몬스터들의 저항이 만만치 않아 정부의

예상과는 다르게 계획은 초반부터 어긋나기 시작했다.

그렇지만 거듭된 작전과 전술로 몬스터들을 차근차근 북쪽으로 몰아내며 국토를 조금씩이나마 수복하기에 이르렀다.

그런데 그렇게 시행착오를 극복하고 진격을 하던 중 중부 전선에서 사고가 터지고 말았다.

바로 고위 헌터들을 포함한 헌터 500명이 한순간에 사라져 버린 것이다.

비록 전국의 헌터에 비하면 엄청나게 많은 수는 아니었지만, 그렇다고 적은 수도 아니었다.

이번에 피해를 입은 그들은 국가의 한 축이라 부를만한 헌터들이었다.

최소 중급 이상의 헌터와 고위 헌터의 죽음.

그 피해는 해당 길드뿐만 아니라 국가적인 차원에서도 이루 말할 수 없을 정도였다.

게다가 일반적인 몬스터에게 당한다면 그 시신의 일부라도 찾을 수 있었을 것이지만, 느닷없이 나타난 재앙급 몬스터로 인해 한순간에 소멸되고 말았다.

그나마 다행인 것은 헌터들을 한순간에 전멸시킨 그 몬스터가 남하하지 않고 처음 출현한 봉래호에 머물고 있다는 것이었다.

이에 소식을 접한 헌터 협회는 긴급히 간부들을 모집해

회의를 하기에 이르렀다.

"모두 모였습니까?"

"엄 부장, 지금 중부 전선을 맡고 있는 길드들에서는 아직 소식이 없는가?"

김중배는 업무지원 과장에서 부장으로 승진을 한 엄규진을 보며 물어보았다.

"예, 저희가 보내 준 정보의 확인을 위해 분주한 것으로 알고 있습니다."

"그래요? 그런데 그게 사실입니까?"

밑도 끝도 없는 질문이지만, 엄규진은 김중배 협회장의 말을 알아듣고 대답을 하였다.

"그게… 사실인 것으로 확인되었습니다."

잠시 말을 멈춘 엄규진은 흘러내린 안경을 고쳐 쓰며 답했다.

그런 엄규진의 말에 회의실에 있는 헌터 협회 간부들 모두가 우려의 한숨을 내쉬었다.

"하아~"

간부들의 한숨 소리를 듣기는 했지만, 김중배 협회장은 시선을 돌려 굳은 표정으로 팀 유니콘 제2전대장을 쳐다보았다.

그러고는 그에게 질문을 던졌다.

"혹시니 해시 하는 말이지만, 그것이 님하를 한다고 하면 팀 유니콘에서 막아 낼 수 있습니까?"

헌터 협회의 핵심적인 힘인 팀 유니콘은 전원이 각성 헌터로 구성되어 있었다.

일반적인 헌터 공대와는 다르게 한 개의 전대가 열두 명으로 구성이 되어 있지만, 그 열두 명만으로도 대형 헌터 길드의 정규 공대 이상의 전력을 내는 그야말로 고수 중의 고수들이었다.

그런데 거기에 더해 작년 가을에 팀 유니콘은 대대적인 전력 향상을 이루었다.

팀 유니콘의 다섯 개 전대 중에서도 단 몇 명만이 보유하고 있던 최상급 아티팩트를 팀 유니콘 전단 전원이 보유하게 된 것이다.

그뿐만 아니라 이들에게 보급된 아티팩트는 무려 세 개나 되었다.

그리고 이것들은 하나같이 최상급에 속한 것들이었는데, 각각 헌터의 공격력과 전투 지속력을 세 배나 늘려 주는 것, 위급한 상황에서 자동으로 보유자를 보호해 주는 것, 그리고 부족한 신체 능력을 향상시켜 주는 아티팩트까지.

총 세 종류나 가지게 되어 단순 수치만으로도 이전보다 전력이 세 배 이상 올라갔다.

그 때문인지 김중배 협회장의 질문을 받은 팀 유니콘의 제2전대장 장선웅은 자신 있는 표정으로 대답을 하였다.

"가능합니다."

그 어떤 수식어도 필요 없다는 듯 단호한 그의 대답에 김 중배를 비롯한 협회 간부들은 저도 모르게 고개를 끄덕였 다.

이들이 생각하기에도 팀 유니콘의 현재 전력은 이전과는 확연이 달라졌다.

외부에 알려지진 않았지만, 장선웅을 비롯한 팀 유니콘 모든 전대는 7등급 이상의 몬스터를 잡아 본 경험이 있었 다.

가장 전력이 떨어지는 제5전대마저도 작년 양평에 나타 난 어스 드레이크를 사냥하였다.

당시 어스 드레이크 레이드에는 제5전대만이 아니라 제4전대도 있었는데, 안타깝게도 그들 중 두 명이 어스 드레이크에 의해 사망한 일이 있었다.

당시 이들에게는 아티팩트가 지급되어 있지 않았음에도 불구하고, 현장에 도착하는 동원 헌터들이 오기까지 무려 두 시간이라는 시간 동안 어스 드레이크가 다른 장소로 이 동하지 못하게 붙들어 두었다.

이렇듯 팀 유니콘의 전대들은 아티팩트가 없을 때도 7등 급 몬스터를 상대로 혁혁한 공을 세웠다.

그런데 지금은 무려 세 개의 최상급 아티팩트를 지급받았 다.

지금껏 정부의 요청으로 중동에 파견을 가서 그곳에 출현한 7등급 몬스터를 퇴치한 것만 해도 벌써 세 번이나 되었다.

그러니 김중배 협회장의 질문에도 장선웅은 자신만만하게 확답을 할 수 있었다.

"장 전대장의 대답을 들으니 안심이 되기는 하지만, 이번에 출몰한 몬스터가 엄청난 크기의 비행형이란 게 마음에 걸리는데……."

김중배 협회장은 장선웅 제2전대장의 대답에 고개를 끄덕이며 믿음직하다는 말을 했다.

하지만 봉래호에 출현한 몬스터가 비행형인 동시에 대형 몬스터라는 점과 그리고 그것의 공격 능력이 어마어마하다는 것이 우려스러웠다.

그도 그럴 것이, 어렵게 전력을 꾸려 놓았는데, 그러한 전력이 한순간에 날아갈 수도 있기 때문이었다.

아니, 한순간에 전력이 사라지지 않는다고 하더라도, 레이드를 성공하는 데 너무 큰 피해를 입는다면 이후의 일이 문제였다.

아무리 김중배가 레벨도 낮고 또 일선에서 물러난 지 수십 년이 되었다고는 하지만, 몬스터의 무서움만큼은 잘 알고 있었다.

"그러면 이번에는 장 대장이 레이드의 지휘를 해 주시는 것으로 결정하고, 저희 협회에서는 2전대, 4전대, 그리고 5전대가 가는 것으로 하겠습니다. 남은 1전대와 3전대는 대기하는 것으로 하겠습니다."

"예. 그게 좋겠습니다. 제5전대가 국토 수복 계획으로 나가 있다고는 하지만, 이번 중부 전선에 출현한 재앙급 몬스터는 국토 수복 계획의 최대 걸림돌이라 생각되니 잠시 그곳의 진행을 멈추고 합류하라고 하겠습니다."

협회장인 김중배의 말이 떨어지기 무섭게 레이드의 지휘권을 받은 장선웅이 대답했다.

"그럼 이렇게 결정 난 김에 언체인 길드의 정재식 길드장의 도움을 받는 건 어떨까요?"

헌터 협회의 간부 중 하나가 의견을 내자, 장선웅은 인상을 찌푸렸다.

아무리 S급 헌터라지만 고작 20대의 청년의 도움을 받을 필요는 없다고 생각했다.

그러나 그와는 별개로 김중배 협회장은 꽤나 마음이 동하는지 깊은 생각에 잠겼다.

잠시간의 침묵이 흐르고 이내 김중배 협회장이 고개를 들었다.

"나쁘지 않은 의견이지만, 지금 정재식 길드장을 부르면 그곳은 지키기조차 힘들 것입니다."

"네, 알겠습니다."

장선웅은 씩 웃으며 답했다.

*　　　*　　　*

한바탕 몬스터와의 전투를 끝마쳤다.

재식은 헌터들이 몬스터를 해체하며 돈이 될 만한 것들을 추리는 모습을 지켜보았다.

그렇게 돈이 되는 것과 돈이 되지 않는 것을 분류했고, 그중에서도 헌터들에게 쓸모가 없는 부위는 따로 모아 재식의 애완 몬스터가 된 다섯 마리의 샌드웜의 먹이로 주었다.

샌드웜들은 굳이 사냥하지 않아도 때가 되면 주인의 부하들이 알아서 먹이를 가져다주니, 이제는 주인인 재식이 아니더라도 자신들에게 먹이를 주는 헌터들을 알아보고 종종 재롱을 부리기도 했다.

하지만 그 큰 덩치로 움직이는 샌드웜의 재롱을 보며, 헌터들은 두려움에 휩싸여 먹이만 두고 급하게 빠져나오기 바빴다.

터벅터벅.

재식은 등 뒤에서 누군가 다가오는 발자국 소리가 들리자 고개를 돌렸다.

"무슨 일 있어?"

뒤에서 다가온 사람은 바로 연인인 수연이었다.

헌터 협회장인 김중배의 배려로 함께 북한 지역 수복에 나서게 되어 항상 밝은 그녀였는데, 어쩐 일인지 지금까지와는 다르게 무언가 수심이 가득한 표정을 짓고 있었다.

"조금 전에 협회에서 소식이 날아왔는데, 중부 전선에서 7등급 이상의 몬스터가 출현했다 하더라고."

"응? 7등급 이상?"

재식은 수연에게서 7등급 이상의 몬스터가 출현한 사실을 듣고 깜짝 놀라 되물었다.

7등급 몬스터라는 것이 이렇게 흔한 몬스터인가, 하는 생각이 순간 들었다.

예전에는 진짜 몇 년에 한 번 볼까 말까 하는 몬스터였는데, 어떻게 된 것이 최근에는 이 7등급 몬스터가 수시로 출몰했다.

그리고 무엇보다 우려스러운 것은 7등급 몬스터 중에서도 아주 위험한 엘리트나 보스 몬스터가 자주 나온다는 점이었다.

게다가 또 그것들 중 상당수가 자신이 살고 있는 이 대한민국에서 나타나고 있었다.

"응. 그것도 엄청난 크기의 비행형 몬스터라 했어."

"대형에 비행형이라고?"

재식은 어처구니가 없었다.

그녀의 말대로라면 이번에 출현한 몬스터가 어느 정도로

위험할지 짐작조차 할 수 없기 때문이었다.

어스 드레이크 오마르를 잡고 치료 과정에서 그의 기억을 일부 엿볼 수 있었다.

그런데 오마르의 기억 속에서 알아낸 정보에 의하면, 일정 능력치 이상을 가진 몬스터는 차원의 벽을 넘을 수 없다고 했다.

그 때문에 오마르 정도의 몬스터도 상당한 힘을 사용해 겨우 보내는 형편이었다.

재식은 분명 그렇게 알고 있었는데, 지금 최수연에게 듣게 된 이야기는 전혀 다른 내용이었다.

그녀의 말만 들으면 오마르보다 더한 몬스터가 넘어온 것은 아닌가 하는 걱정이 들었기 때문이다.

"그 몬스터 때문에 그러는 거야? 그런 거 치곤 너무 표정이 안 좋은데."

재식은 흐려진 최수연의 얼굴에서 무언가를 읽고는 물어보았다.

"그게… 협회에서 이번 몬스터 레이드에 제5전대도 파견된다는 명령이 내려졌어."

"음."

수연의 말이 떨어지기 무섭게 재식은 낮은 신음을 흘렸다.

방금 전 수연에게서 들은 이야기만 놓고 보면, 아무리 생각해도 현재의 전력으로는 봉래호에 출현한 몬스터를 감당할 수 있을 거 같지가 않았다.

헌터 협회의 직할대인 팀 유니콘 전단이 전원 각성 헌터로 구성되어 있고, 또 자신이 만들어 준 아티팩트로 무장을 하고 있다고 해도 솔직히 그 정도로 충분하다는 판단이 서지 않았다.

분명 헌터 협회는 최강의 전력인 팀 유니콘 전단을 출동시킬 것이지만, 그렇다고 다섯 개 전대 모두를 출동시키지는 않을 것이 분명했다.

수도인 서울을 지키기 위해 가장 우수한 전력인 제1전대는 빼놓을 것이고, 또 예비로 최소 한 개 전대 정도는 묶어둘 것이 분명하기에 아마 헌터 협회가 최대로 전력을 보낸다고 해도 세 개 전대가 최대일 것이었다.

물론 이번 재앙급 몬스터 퇴치에 헌터를 협회에서만 보내지는 않겠지만, 솔직히 여타 헌터 길드에서 고급 헌터들의 지원이 있다 하더라도 그리 큰 도움이 되지 않을 것으로 보였다.

재식이 그렇게 생각하는 데에는 다 이유가 있었다.

작년 양평에 출현한 어스 드레이크 오마르를 레이드할 때, 길드에서 파견한 헌터들의 행태를 기억하고 있었기 때문이다.

몬스터의 체력을 빼기 위해 체계적인 공격과 방어를 해야

함에도 불구하고, 길드의 헌터들은 중구난방으로 행동할 뿐만 아니라 무척이나 소극적인 행태를 보였다.

헌터 협회에서 파견된 팀 유니콘 제4전대와 제5전대, 그리고 자신까지 힘을 합쳐 효과적으로 공격한 덕분에 겨우 피해를 줄일 수 있었다.

그런데 그렇게 레이드가 막바지에 들어서자 길드들은 믿을 수 없는 짓을 저질렀다.

그들은 조금이라도 공적을 더 쌓기 위해 당시 어스 드레이크 레이드의 지휘를 맡고 있던 박용식의 지시도 무시하고, 어스 드레이크에게 달려들다가 상당한 사상자를 양산했다.

참으로 통탄할 일이라 말할 수 있었다.

하지만 그게 바로 현재 대한민국에서 알아준다는 대형 헌터 길드의 현주소였다.

의무는 최소한으로 줄이는 한편, 누리는 것은 최대한으로 누리려 했다.

또 돈이 되는 일이라면 다른 사람들의 형편은 상관하지 않고 막무가내로 덤벼들기도 했다.

최소한 재식의 식견으로는 그들이 7등급 보스 몬스터를 레이드하는데 별다른 도움이 되지 않을 것이라 판단했다.

아니, 오히려 방해가 되지 않으면 다행이었다.

실제로 작년 어스 드레이크 오마르의 레이드 때, 일부는 이득에 눈이 멀어 달려들다가 몬스터의 밥이 되었다.

그렇게 먹이가 된 헌터 때문에 다 쓰러져 가던 몬스터가 힘을 찾아 애를 먹은 기억이 아직까지도 생생했다.

그런 사실을 잘 알고 있는 재식이기에 수연이 봉래호에서 출현한 몬스터를 잡으러 간다고 하자 걱정이 되었다.

"나도 갈까?"

재식은 수연의 눈을 지그시 쳐다보며 물었다.

"여긴 어떻게 하고?"

재식의 질문에 수연은 잠시 머뭇거리다가 오히려 재식에게 질문을 던졌다.

"여기야 잠시 멈추고, 진지 작업에 집중하면서 내실 좀 다지자 하면 되지."

수연의 물음에 재식은 별거 아니란 듯 대답을 하였다.

그런 재식의 대답에 수연은 작게 미소를 지었다.

재식이 무엇 때문에 그러한 말을 한 것인지 알 수 있었기 때문이다.

"자기가 우리랑 함께 간다면 분명 큰 도움이 될 거야. 하지만……."

수연은 이야기를 하다 말고 잠시 멈췄다.

그러고는 몬스터 사체를 해체하는 이들과 저 멀리서 진지 공사를 하고 있는 건설 노동자들을 돌아보았다.

"저들은 어떻게 하고? 자기가 이곳을 떠나면 아마 지금과는 다르게 무척이나 불안해할 거야.”

건설 노동자들에게서 시선을 거두지 않고 말하는 수연의 시선을 따라 재식도 고개를 돌렸다.

그리고 확실히 느낄 수 있었다.

저 멀리 방어진지를 건설하고 있는 노동자들이 어떤 생각으로 몬스터 왕국이라 불리는 이곳까지 와서 건설을 하고 있는지 말이다.

그렇지만 재식은 왠지 모를 불안감이 들었다.

마치 이대로 수연을 보내면, 다시는 보지 못할 것만 같은 그런 예감이……

그 탓에 재식은 뭔가 꺼림칙한 느낌을 지울 수가 없어 수연의 부드러운 거절에도 선뜻 대답을 하지 못했다.

“음…….”

재식은 눈을 감고 미간을 찌푸리며 낮게 신음을 흘렸다.

깊은 고민을 할 때면 나오는 버릇 중 하나였다.

그렇게 한참을 생각하던 재식은 결론을 내린 것인지 고개를 들고 수연을 쳐다보았다.

“아니야. 자기가 간다면 나도 함께 가야겠어.”

“하지만…….”

“그만. 내 말 좀 들어 봐.”

재식은 그렇게 최수연이 하려는 말을 막고 자신의 이야기를 그녀에게 들려주었다.

"누나도 내가 만든 길드의 구성원들이 몬스터를 상대하는 것을 보았을 거야."

"……."

재식의 말에 수연은 잠시 언체인 길드 소속 헌터들이 몬스터와 싸우는 모습을 떠올려 보았다.

그런데 생각을 하다 보니 언체인 길드 소속 헌터들은 일반적인 헌터들과는 다른 모습을 보여 주던 것이 생각났다.

분명 언체인 길드 소속 헌터들은 중급 헌터가 된 지 얼마 되지 않아 헌터 등급이나 레벨이 낮은 것으로 알고 있었는데, 생각해 보니 그들은 5등급 헌터이면서 5등급 몬스터를 혼자 또는 두세 명만으로도 처리할 수 있었다.

그렇다고 5등급 몬스터를 가지고 오랫동안 붙잡고 있는 것도 아니었다.

언체인 길드의 헌터들은 최소한의 시간으로 5등급 몬스터를 처리하고, 주변에 있는 동료들을 도왔다.

그러다 보니 언체인 길드 주변에 있는 헌터들은 별다른 부상도 입지 않고, 지금까지 승승장구하면서 국토를 수복할 수 있었다.

이러한 생각이 떠오르자 최수연은 순간 소름이 돋았다.

언체인 길드에 어떤 비밀이 있기에 그럴 수 있는지 알 수 없기 때문이었다.

각성 헌터라면 각성한 속성의 상성으로 자신과 동급의 몬스터를 쉽게 상대할 수도 있었다.

하지만 수연이 지켜본 언체인 길드는 아직까지 각성 헌터는 가입되어 있지 않았다.

아니, 소수가 있기는 했지만, 그들은 전투에 크게 도움이 되지 않는 약간의 치료 능력을 각성한 헌터일 뿐이었다.

즉, 실질적인 전투를 하는 헌터는 모두 동물의 유전자를 시술받은 시술 헌터였던 것이다.

그럼에도 불구하고 고위 각성 헌터보다 더 빠르고, 더 안정적으로 동급의 몬스터를 처리하였다.

그렇게 최수연이 언체인 길드의 헌터들에 대해 생각하고 있을 때 재식이 말을 이었다.

"언체인 길드가 비록 100명도 되지 않는 소수의 작은 헌터 길드지만, 그렇다고 그 무력 자체가 약한 것은 아니야. 비록 아직까지는 5등급을 넘는 길드원이 얼마 없지만, 그래도 난 이들을 최고로 만들었어."

재식은 자신이 훈련시킨 언체인 길드의 헌터들에 대한 자부심을 담아 이야기를 하였다.

그리고 이야기 끝에는 자신이 얼마나 이들에게 정성을 쏟았고, 길드의 역량을 투입한지에 대해 말했다.

그렇게 재식의 이야기를 모두 들은 최수연은 깜짝 놀랐다.

생각보다 언체인 길드의 잠재력이 엄청났기 때문이다.

그러고 보니 수연은 자신의 연인인 재식에 대해 잠시 잊고 있다는 것을 깨달았다.

'아, 재식이는 내가 생각하는 이상의 능력을 가지고 있었지.'

엄청난 위력의 아티팩트를 제작하고, 각성 헌터가 아니더라도 누구나 사용할 수 있는 몬스터용 무구도 제작하였다.

뿐만 아니라 재식은 지금까지 나온 그 어떤 헌터보다 빠르게 성장을 하고 있었다.

아니, 성장이라고 하는 것보다는 진화를 한다고 하는 표현이 더 적절할 정도로 상상도 못할 변화를 보였다.

처음 그를 알 때와는 하늘과 땅만큼이나 그 갭이 너무나도 컸다.

고블린에게 붙잡혀 실험체가 되었는데, 2년도 채 지나지 않아 재앙이라 칭해지는 보스 몬스터를 레이드하는 데 결정적 역할을 할 정도로 성장했다.

그리고 그로부터 1년이 조금 안 되는 시간이 흐르자, 그가 키운 헌터들마저 낮은 등급임에도 불구하고 한 등급 이상의 능력을 보여 주고 있었다.

이런 생각이 연이어 떠오르자, 수연은 자신도 모르게 얼굴이 붉어졌다.

'멋있어.'

$*$ $*$ $*$

　강원도 철원군 철원읍.

　북한과 대치하고 있을 때는 국방의 최전선으로 군인들이 많이 보이는 지역이었다.

　하지만 대격변 이후 북한이 몰락하고, 몬스터가 자리를 잡은 그곳에서 수시로 몰려오는 놈들로 인해 이제는 군인들마저 후방으로 빠져나간 상태였다.

　그리하여 헌터가 그 자리를 대신하게 되었는데, 때문에 이전과는 풍경이 확 바뀌었다.

　지금의 철원읍은 헌터들을 상대하는 상인과 그들의 가족들로 넘쳐 났고, 민간인보다 헌터를 더 많이 볼 수 있는 얼마 안 되는 곳 중 하나로 자리 잡았다.

　그런데 정부가 북한 지역을 수복한다고 발표하면서, 전국에 걸친 헌터 동원령으로 인해 그 숫자는 몇 배로 늘어나게 되었다.

　덕분에 철원읍에는 평소 보기 힘든 고레벨의 헌터나 대형 길드 소속 헌터들이 발에 채일 정도로 몰려들었다.

　그러다 보니 사건사고가 끊이지 않고 벌어지고 있었지만, 헌터 협회의 감시로 다행히 큰 사고로까지는 이어지지 않았다.

　하지만 어제 들어온 소식 하나로 시끌벅적하던 철원읍이

한순간에 무거운 긴장감으로 휩싸였다.

그럴 수밖에 없었다.

현무 길드는 한때 대한민국 길드 랭킹 10위에 랭크되어 있다가 무섭게 치고 올라온 성신 길드로 인해 10대 길드 타이틀을 빼앗긴 곳이었다.

그러나 그렇다고 해도 그들의 저력은 어마어마했는데, 그런 현무 길드의 정규 공대를 포함한 500명의 헌터가 전멸해 버리는 사태가 벌어졌기 때문이다.

그런데 이 500명의 헌터가 수적인 열세에 의한 것도 아니고, 갑자기 튀어나온 단 한 마리의 몬스터로 인해 전멸을 하였다는 것이다.

그와 함께 들려온 소문은 더욱 믿기 힘든 얘기였다.

겨우 한 번의 공격을 막지 못해 전멸을 했다는 소식.

때문에 철원읍에 모여 있는 헌터들은 물론이고, 헌터들을 상대로 장사를 하던 사람들까지 동요를 하기 시작했다.

혹시나 헌터들을 전멸시킨 몬스터가 이곳 철원으로 내려오지는 않을까, 하는 두려움 때문이었다.

헌터들을 몰살시킨 몬스터에 관해서는 정확한 정보가 알려지지는 않았지만, 소문에는 그 크기가 무려 20층 빌딩보다 더 커 보인다고 했다.

그 정도면 적게 잡아도 높이가 60~70m는 되는 크기였다.

그런데 그것보다 크다는 건 지금까지 대한민국에 출현한 몬스터 중 가장 큰 사이즈란 말이었다.

대한민국에 출현한 대형 몬스터 중 가장 큰 것은 작년 양평에 나타난 어스 드레이크였다.

그 높이만 해도 30m에 이르렀고, 머리에서 꼬리까지의 길이는 50m에 육박한 엄청난 놈이었다.

다음으로 큰 몬스터로는 18년 전 시청 앞에 나타난 최초의 7등급 몬스터 거미 여왕이었다.

그 크기가 무려 18m에 이르렀다.

당시까지 나온 몬스터 중 가장 큰 크기는 아니었지만, 거미 여왕은 육상형 그중에서도 곤충형 몬스터였다.

그러니 대체로 거대한 덩치를 가지는 해양 몬스터와 비교할 수 없었다.

어쨌든 곤충형 몬스터임에도 대형종의 대표 몬스터인 사이클롭스보다 더 큰 크기를 가진 것이 바로 거미 여왕이었다.

만약 당시에 성신 길드의 백강현 길드장이 각성을 하지 않았다면, 아마 북한처럼 몬스터에 의해 멸망하거나 아니면 오래전 6.25 때처럼 수도를 남쪽으로 옮기는 참담한 상황을 겪었을 지도 모른다.

그럴 수도 있는 것이, 그 당시만 해도 헌터들의 평균 레벨이 그리 높지 않은 시대였다.

게다가 헌터들의 장비도 그리 좋지 않다 보니, 당시의 6등급 이상 몬스터는 지금의 재앙급 몬스터에 준하는 아주 위험한 존재들로 인식되었다.

그런데 이번에 출현한 봉래호의 몬스터는 전 세계적으로 견주어 보아도 그 크기를 비교할 만한 몬스터가 많지 않았다.

아니, 비교할 만한 몬스터는 하나밖에 없었다.

2년 전에 성신 길드의 백강현 헌터에게 잡힌 일본의 야마타노 오로치가 유일하다고 말할 수 있었다.

야마타노 오로치가 백강현 길드장에게 사냥될 때의 크기가 무려 120m에 이르렀다.

대격변 이후 지구에 출몰한 몬스터 중 가장 큰 몬스터.

하지만 이러한 야마타노 오로치도 처음 출현할 당시의 크기는 그보다 작은 크기였다.

물론 그마저도 큰 크기였지만, 죽기 전과 비교하면 그 절반 정도인 60m가 조금 넘는 크기였다.

그런데 봉래호에 출현한 이번 몬스터는 처음 등장부터 어마어마한 크기를 자랑하고 있었고, 그보다 더욱 사람들을 불안하게 만드는 것은 바로 하늘을 날아다닌다는 것이었다.

뿐만 아니라 공격 한방에 500명이라는 헌터와 그에 육박하는 몬스터를 소멸시켜 버렸다.

그나마 다행인 것은 녀석이 더 이상 그곳에서 움직이지

않고 있다는 것이다.

만약 그 몬스터가 남쪽으로 내려왔다면, 봉래호와 불과 얼마 떨어지지 않은 이곳 철원읍은 한순간에 초토화가 되어 있을지도 몰랐다.

"빨리, 짐 싸!"

철원읍 곳곳에서 급박한 목소리가 들려왔다.

헌터들은 동원령이 내려져 있어 도망가지 못했지만, 제 가족들이라도 피난시키려는 목소리였다.

그들뿐만이 아니었다.

헌터를 상대하던 장사꾼들도 하나둘 가게 문을 닫고 피난 길에 오르기 시작했다.

물론 배짱 두둑하게 몰려드는 헌터를 상대로 한몫 잡는다는 호기를 부리는 상인들도 없잖아 있었지만, 목숨은 누구에게나 소중하기에 대부분의 상인들은 짐을 쌌다.

그런데 아이러니한 것은 그렇게 많은 사람들이 빠져나감에도 철원읍에 상주하는 인구수는 그리 크게 줄지 않았다는 것이다.

이는 상인들이 빠져나간 자리를 다른 헌터들이 채웠기 때문인데, 그들은 헌터 협회의 공문을 받고 지원 온 동부와 서부의 고위 헌터들이었다.

사실 협회의 힘이 이렇게까지 크지도 않았고, 또 고위 헌터라는 그들이 애국심으로 움직일 일도 없었다.

만약 몇 년 전이라면 이렇게 모이지도 않았을 것이다.

이렇듯 고위급 헌터들이 빠르게 모인 이유는 작년 7등급 보스 몬스터 사냥에 참여한 헌터들이 최상급 아티팩트를 받았기 때문이다.

이후에 우연히 헌터 옥션에 비슷한 물품이 올라왔는데, 그것의 가격이 무려 2,500만 달러나 되었다.

물론 당시 경매에 올라온 아티팩트는 총 두 개이기에 개당 1,250만 달러, 한화로는 150억 원이 넘는 금액이었다.

이것은 역대 몬스터 레이드 보상 중 가장 큰 금액이었다.

고위 헌터나 대형 길드에 속하는 헌터들은 그렇게 큰 보상이 주어진다는 것을 알게 되자, 헌터 협회의 공문이 내려오기 무섭게 하던 일도 멈추고 이곳으로 달려온 것이다.

그러다 보니 철원읍은 현재 그 어느 곳보다 고위급 헌터들의 숫자가 넘쳐 나는 곳이 되었다.

* * *

철원읍 중심부에 위치한 웨딩홀.

하지만 현재 이곳은 원래 목적인 웨딩홀이 아니라 국토 수복 계획의 중부 전선 사령부로 사용되고 있었다.

똑똑똑.

"들어와요."

임시 사무실 의자에 앉아 무언가를 살펴보고 있던 장선웅은 노크 소리가 들리자, 시선은 서류에 고정시킨 채 말했다.

드르륵—

저벅저벅.

문이 열리는 소리와 함께 여러 사람의 발자국 소리가 들리자, 장선웅은 보던 것을 멈추고 고개를 돌려 안으로 들어오는 사람들을 바라보았다.

"도착했군."

"대장님, 오랜만이네요."

사무실 안으로 들어온 사람은 최수연과 팀 유니콘 제5전대였다.

그녀는 제2전대장인 장선웅을 보며 인사를 하였다.

"그래. 모두 오랜만이군."

막 최수연의 인사에 화답을 하던 장선웅은 뭔가 더 말하려다가 말고 멈췄다.

그녀의 뒤에 낯선 얼굴과 복장의 남자가 서 있기 때문이었다.

'누구지?'

재식이야 당연히 팀 유니콘이 아니기에 그들과는 복장이 다를 수밖에 없는데다가 그 덩치로 인해 쉽게 눈에 띈 것이다.

"뒤에 있는 남성분은 누구신가?"

길드 소속 헌터가 굳이 자신이 소집한 회의에 찾아올 일이 없기에 의아한 표정으로 물어본 것이었다.

"처음 뵙겠습니다. 언체인 길드의 정재식이라고 합니다."

재식은 자신을 쳐다보고 있는 장선웅에게 정중하면서도 비굴하지 않은 모습으로 인사를 하였다.

'아, 이 청년이 그 네 번째 S급 헌터구나.'

익히 명성은 들어 보았지만, 직접적으로 대면한 적이 없었기에 장선웅은 재식의 소개가 있은 뒤에야 재식의 정체를 깨달을 수 있었다.

이곳으로 출발하기 전 김중배 헌터 협회장으로부터 재식에 대한 이야기를 듣고, 웬만하면 그의 도움을 받아 보라는 조언까지 들었다.

솔직히 장선웅은 그런 김중배 협회장의 말을 한 귀로 듣고 한 귀로 흘려버렸다.

그도 그럴 것이, 고위급 헌터가 최상급 아티팩트로 무장하면 얼마나 강력해지는지 이미 경험을 한 상태이다 보니 자신감 말로 표현하기 어려울 정도로 충만했기 때문이다.

그런데 소문에 의하면 네 번째 S급 헌터인 재식은 이제 겨우 20대 중반의 젊은이라 하였다.

그러다 보니 헌터로서의 경험이 부족하여 몬스터 사냥 중 몇 번이나 심각한 부상을 당한 사실과 헌터 협회의 집중 지료 시설에서 치료를 받았다는 이야기도 알고 있었다.

그런 소문을 들은 적이 있기에 신뢰도가 무척이나 떨어진 상태였다.

장선웅은 김중배 협회장의 말이 끝나기 무섭게 머릿속으로 재식의 도움을 받을 바에는 협회와 관계가 그리 좋지 않은 성신 길드의 길드장인 괴물 백강현에게 도움을 요청하는 게 훨씬 좋다고 생각했다.

비록 단 한 번 우연히 본 것이지만, 장선웅의 기억에 당시 백강현의 강함은 일반적인 고위 헌터들에게서 풍기는 그런 감각과 전혀 다른 느낌이었다.

굳이 비교를 하자면 헌터보단 차라리 몬스터에 가까웠다.

보는 것만으로도 온몸으로 느껴지는 살기.

보통 사람이나 초인이라 불리는 헌터가 보여 줄 수 있는 그러한 수준이 아니었다.

그 살기조차도 일반적인 맹수의 것이 아니었다.

그것은 맹목적인 살의를 품는 몬스터에게서나 느낄 법한 흉포한 살기였다.

그렇다 보니 장선웅은 몬스터 사냥 중 부상을 당해 집중 치료를 받은 재식에 대한 선입견이 그다지 좋지 않았다.

그렇기 때문에 팀 유니콘 제5전대와 재식이 함께하고 있다는 것을 알고 있으면서도 최수연을 비롯한 제5전대만 부르고, 재식에게는 아무런 연락을 하지 않았다.

만약 이러한 사실을 알았더라면, 재식도 과히 기분이 좋지 않았을 터다.

하지만 어차피 재식이 이곳을 찾은 것은 다른 사람을 위한 것이 아니었다.

연인인 최수연의 안전과 또 자신과 인연을 맺은 제5전대 대원들 때문이기에 별로 상관없어 했을 것이지만 말이다.

"아, 그 네 번째 S등급을 받은 주인공이군요."

장선웅은 재식의 인사에 얼른 자리에서 일어나 재식의 앞으로 걸어가 손을 내밀었다.

"헌터 협회의 팀 유니콘 제2전대를 맡고 있는 장선웅이라 합니다. 반갑습니다."

조금 전까지만 해도 선입견을 가지고 있던 장선웅은 재식을 직접 보고는 자신의 생각이 잘못된 걸 깨달았다.

예전에 만나 본 성신의 백강현 길드장의 살기보다는 약하지만, 재식도 은연중 장내를 압도하는 무언가를 풍기고 있었다.

아니, 좀 더 객관적으로 비교하자면, 백강현은 정제되지 않은 흉포한 살기를 뿜어 대는 괴물이었고, 재식은 그러한 살기를 잘 갈무리하고 주변을 무겁게 잠식하는 대형 맹수와 닮았다.

절대로 여유를 잃지 않고, 그렇다고 방심도 하지 않는다.

먹잇감이 보이면 끝까지 예의 주시하며 최후의 순가에 숨통을 물어뜯는 그러한 맹수.

그렇기에 장선웅은 자신보다 어린 재식을 보면서도 정중하게 인사를 한 것이었다.

장선웅은 조금 전 재식이 사무실 문을 통과할 때, 집체만한 맹수가 좁은 문을 통과하는 듯한 환상을 보았다.

그 자신도 7등급 끄트머리에 있는 고위 헌터였다.

우연한 기회에 깨달음만 갖는다면, 헌터의 끝이라는 S급도 가능한 상태였다.

지금이야 여러 속성을 각성한 헌터를 S급으로 불러 주지만, 예전에는 그렇지 않았다.

다중 속성이 아니라 같은 등급의 몬스터와 비교해도 강하다는 느낌을 줄 때에야 명예로운 등급인 S등급을 부여했다.

그렇기에 무신과 뇌신은 7등급 몬스터를 사냥하지 않고도 S등급의 헌터라 불린 것이었다.

성신 길드의 백강현도 마찬가지였다.

거미 여왕을 잡고 S등급 판정을 받았지만, 그것은 7등급 몬스터를 잡았기 때문이 아닌, 7등급인 거미 여왕에게 치명상을 입히고 그에 못지않은 파괴력을 보여 주었기에 S등급 판정을 받은 것이다.

하지만 사람의 입을 통해 이야기가 전해지면서 약간의 왜곡이 이뤄졌는데, 무력의 정점에 서거나 백강현처럼 재각성을 하게 되면 S등급을 주는 것으로 알려지게 되었다.

사실 재식도 이런 바뀐 규정으로 대한민국 네 번째 S등급 헌터가 된 것이다.

　엄밀히 따지면 재식은 진정한 S등급의 무력에 조금 많이 부족한 편이었다.

　대신 재식은 마법이란 이능으로 인해 다른 S급 헌터에 비해 여러 변수를 만들어 낼 수 있다는 장점이 있었다.

　실제로 재식은 아티팩트를 만들기도 하고, 또 자신이 알고 있는 흑마법으로 몬스터에게서 마력을 빼앗아 전투 지속 시간을 늘리기도 했다.

　뿐만 아니라 다른 헌터를 단시간에 강하게 만들 능력도 있었다.

　언체인 길드 소속 헌터들은 실제로 등급과 상관없이 몬스터를 사냥하고 있었다.

　언체인 길드의 헌터들이 소수임에도 국토 수복 계획에서 그렇게 혁혁한 공을 세우고 있는 것도 이러한 이유 때문이었다.

　그리고 재식은 헌터 코리아 옥션에서 구입한 기가스의 심장 덕분에 이제는 진정한 S급 헌터의 무력까지 갖췄다.

　그러다 보니 이를 보고 있는 장선웅이 느끼기에 옛 기준의 S등급으로 봐도 부족하지 않다고 느끼고 있었다.

4. 최상급 정령

넓은 실내에 50명이 넘는 사람이 모여 있다.

그들은 전면에 있는 커다란 화면에 집중하고 있었는데, 이들이 보고 있는 것은 이번 봉래호에 나타난 몬스터의 모습이었다.

이들이 보고 있는 화면에는 세 쌍의 날개를 가진 동양의 용과 비슷한 외형의 몬스터가 평강 평원에 자리를 잡고 있었다.

그런데 특이한 것은 그 몬스터는 땅에 똬리를 틀고 있는 것이 아니라 마치 자기부상열차가 공중에 떠 있는 것처럼 일정 높이에서 아주 가끔 몸을 뒤척이고 있다는 것이었다.

아니, 더 자세히 보면 몸을 뒤척이기보단 경련을 일으킨다는 표현이 맞을 정도였다.

뭐가 그리도 괴로운지 녀석은 꿈틀거리며 종종 허공에 대고 괴성을 질렀다.

봉래호에서 나타난 몬스터에 대한 소문이 퍼지자, 7등급 이상의 헌터들은 긴급하게 이곳 철원으로 모여들었다.

새롭게 나타난 7등급 이상의 몬스터 때문에 헌터 협회에서 긴급하게 동원령을 내리기는 했지만, 원래라면 미적거렸을 헌터들이었다.

그런데 어찌 된 일인지 그들은 동원령으로 소식을 접하자마자 바로 달려왔다.

사실 헌터들은 한 가지 목적만으로 이곳에 급히 온 것이었다.

바로 새로운 7등급 몬스터를 퇴치한 뒤에 받을 보상.

작년 양평에서 보스 몬스터를 잡고 그날 동원된 6등급 이상 헌터 500명이 아티팩트를 받았으니, 이번에도 그 정도 보상을 받을 거라 기대한 헌터들이 달려왔다.

물론 그건 그들만의 예상일 뿐이었다.

하지만 헌터 협회로서는 기존보다 이후의 보상을 떨어뜨리기는 힘들 것이었고, 자연히 이번 몬스터가 퇴치된 뒤 그에 버금가는 보상을 할 것이 분명했다.

"저걸 잡으면 이번에도 아티팩트를 보상으로 주겠지?"

화면을 보던 헌터 중 누군가 보상에 대한 이야기를 꺼내자, 주변에 있던 헌터들이 눈을 반짝이며 그 말에 동조했다.

"그러지 않을까?"

"하믄, 안 그러면 아무도 안 왔을 긴데."

"그나저나 크긴 진짜 크네!"

그러는 와중에 누군가 몬스터의 크기를 언급하자 다시금 모두의 관심이 그쪽으로 쏠렸다.

"그러게, 그런데 듣기로는 100m가 훨씬 넘는다고 했는데, 지금 보니까 그렇게까지는 안 커 보이는데?"

"그런데 저걸 잡을 수나 있을까?"

"음… 작년에 잡은 그놈보다는 크잖아."

"맞아. 듣던 것처럼 크긴 하지만 그렇다고 두 배까지는 아닌 것 같은데 말이야."

화면을 보고 있던 헌터 중 작년 양평에서 어스 트레이크 레이드에 참가한 헌터들이 고개를 갸웃거리며 소감을 말했다.

"그러게 크기는 겁나 크긴 한데, 내가 봐도 두 배까진 아닌 것 같다."

이들이 그렇게 화면 속 모습만으로도 크기에 대한 이야기할 수 있는 것은 다 이유가 있었다.

바로 몬스터가 떠 있는 아래에 생긴 브레스 자국을 보고 알 수 있던 것이다.

분명 너비 15m의 흔적을 남아 있다고 들었는데, 그 말이 맞다면 현재 몬스터의 크기는 처음 보고된 것처럼 100m 이상이 아니라 그보다 훨씬 작은 크기로 보는 게 옳았다.

화면을 보며 모여 있는 헌터들은, 아마도 당시 살아남은 헌터가 너무 놀라 크기를 본래보다 크게 봤을 수 있다는 데 의견을 모였다.

사실 이런 일은 아주 흔한 일이었다.

몬스터를 두고 후퇴를 한다거나 혹은 팀이나 파티가 전멸하고 혼자 살아남았을 때 공포에 질려 대상을 크게 보는 것은 인간의 본능으로 인한 자연스러운 일이기 때문이었다.

보통 하급 헌터나 막 중급이 된 헌터 파티에서 종종 그러한 과장된 보고가 올라오곤 했다.

물론 몬스터 중에는 돌연변이가 있어 유독 강한 몬스터가 나오기도 하기 때문에 헌터 협회는 이런 보고를 받으면, 빠르게 현장에 출동하여 면밀히 살펴 왔다.

막상 조사를 하다 보면 보고된 사실과 같거나 비슷한 경우는 열에 하나둘 정도에 불과하지만, 이러한 몬스터는 엘리트 몬스터라 불리며 헌터 협회에서도 특별 취급을 하였다.

이는 몬스터 연구에 중요한 자료로 사용되기 때문이었다.

인류의 적인 몬스터 연구는 인류가 현대에서 살아남기 위해 꼭 필요한 것이었다.

그러니 몬스터가 어떻게 해서 강해지는지, 또 어떤 경로로 돌연변이를 일으켜 엘리트 몬스터가 되고, 종을 초월해보다 강력한 몬스터인 보스 몬스터가 되는 것인지를 알아내야만 하기 때문이었다.

만약 그러한 비밀을 알게 된다면 인간도 그런 엘리트 몬스터와 같은, 아니, 인간이라는 종을 초월하여 보스 몬스터처럼 강력해질 수 있을 것이라 생각했다.

때문에 몬스터를 연구하는 학자들이나 세계 각국의 지도자들은 지금도 엄청난 예산을 투입해 연구와 지원을 아끼지 않고 있는 상태였다.

그런데 화면 속 몬스터는 아주 특이했다.

보통의 몬스터는 출현하면 무조건 인간에 대한 적의로 살상을 하고, 또 자신과 동종이 아닌 몬스터도 자신보다 약하다 싶으면 사냥하여 잡아먹기도 했다.

하지만 화면 속 몬스터는 그러한 행동을 하지 않았고, 무엇 때문인지 평강 평원에 자리를 잡은 상태로 별다른 움직임을 보이지 않고 있었다.

"그런데 저거 좀 이상하지 않아?"

"뭐가?"

"처음에 그렇게 날뛰었다고 하던데, 지금은 벌써 며칠째 저렇게 잠잠하다고 하잖아."

화면을 주시하던 헌터는 자신의 옆자리에 있는 헌터에게 낮은 목소리로 대답을 하였다.

"음, 그러네. 대체 왜 저러고 있는 거지?"

화면 속 몬스터는 처음 출현할 때 외에는 지금까지 일절 활동을 하지 않고, 한 자리에만 자리를 잡고 있었다.

그 덕분에 헌터 협회에서 파견된 누군가가 멀리서나마 그 몬스터를 촬영할 수 있었다.

만약 그렇지 않고 일반적인 몬스터들처럼 활동했더라면, 평강 평원 일대는 물론이고 이곳 철원읍도 진즉 난리가 났을 것이다.

그럴 수밖에 없는 것이, 몬스터가 처음 출현한 봉래호와 이곳 평강 평원은 불과 20㎞ 정도밖에 떨어져 있지 않았다.

때문에 길을 따라 남쪽으로 내려오면 바로 도착하는 곳이 바로 철원읍이었다.

그러다 보니 헌터들은 그 몬스터가 움직이지 않는 것이 다행이라 생각하면서도 여느 몬스터와 다른 행동을 보이는 녀석이 조금 부담스럽기도 했다.

이는 익숙하지 않은 행동 패턴을 보이는 몬스터에 대한 막연한 두려움 때문이었다.

                    *   *   *

　헌터들이 한창 대책을 새우고 있는 그때, 슈마리온은 계속해서 자신의 정신을 괴롭히는 무언가를 떨쳐 내기 위해 정신을 집중하고 있었다.

　— 죽여라, 죽여. 살아 있는 것들을 모두 죽여라.

　크아아아앙!

　[내 정신에서 썩 꺼져라!]

　— 후후, 내가 어떻게 들어왔는데 쉽게 나갈 것 같으냐.

　[이놈! 엘리오스 님을 배신하고, 마계에 붙은 타락한 놈이 어딜 감히!]

　슈마리온은 자신의 정신에 들어온 것의 정체를 알고 있기에 자신이 가진 정령력을 더욱 강하게 공명시키며 노성을 질렀다.

　하지만 그러한 슈마리온의 공격은 아무런 소용이 없었다.

　어떻게 침투한 것인지 알 수는 없지만, 적은 슈마리온의 공격을 너무나 쉽게 해소시키고 있었다.

　— 크크, 네 공격은 아무런 소용이 없다.

　[이놈!]

— 네가 아무리 최상급 정령이라고 해도 나 또한 너에 뒤지지 않는 독립 정령이다. 거기에 대마왕님의 축복을 받은 몸이기도 하지. 그만 포기하고 내게 종속이 되라. 으하하하!

광기의 정령 메드니스는 슈마리온에게 그렇게 외치며 광소를 질렀다.

그러자 그의 광소를 들은 슈마리온이 괴로운지 몸을 뒤척였다.

우르르르—

거대한 슈마리온의 몸이 공중에서 꿈틀거리자 그에 따라 대기도 진동하였고, 그 여파는 슈마리온이 떠 있는 평강 평원에도 미쳤다.

사실 지금의 광경은 말도 되지 않았다.

각각 독립된 사고를 가지고 있는 정령 둘이 한 몸에 섞여 있으니 이는 자칫하다 폭주를 일으킬 수도 있는 일이었다.

게다가 슈마리온은 정령왕 바로 밑에 있는 최상급 정령이었다.

그런 그의 정신에 또 다른 정령이 자리를 잡는다는 더욱이나 있을 수 없는 일이었다.

그럼에도 지금 그러한 일이 벌어진 상태였다.

이러한 일이 벌어진 것에는 조금 전 광기의 정령 메드니스가 언급한 존재인 대마왕이 있었다.

몬스터와 이들이 온 세계인 칸트라 차원은 이미 그 수명을 다하여 멸망만을 기다리고 있었다.

그 때문에 다스리던 신들도 사라지고 죽음을 기다리는 시한부 차원이 되어 버렸지만, 그럼에도 당장 멸망을 하지 않은 것은 칸트라에는 신에 필적할 만한 능력을 가진 존재들이 아직 남아 있기 때문이었다.

신을 보필하고 그들의 말을 지상에 전하던 천족들의 왕 우렐리우스.

마신의 대리자이며, 마계를 다스리는 대마왕 번.

천계와 마계의 중간에 위치한 중간계의 중재자이자, 지배자가 된 흑룡왕 앙칼리우로스.

마지막으로 천계, 마계, 중간계와 따로 떨어져 있지만 이들에게 생명을 불어넣어 주는 정령들의 왕 엘리오스까지.

이들 넷이 있기에 칸트라 차원은 신들이 떠났지만, 아직도 멸망하지 않고 존재할 수 있었다.

하지만 이러한 생존도 막바지에 이르렀다.

그러던 찰나, 뜻하지 않은 손길이 이들에게 생존을 할 수 있는 길을 마련해 주었다.

다만, 이들 넷의 힘이 너무나 강하기에 구원의 손길을 내민 존재는 칸트라 차원의 다른 종족은 진입을 허락해도 이들 넷만큼은 철저하게 막았다.

이들에게 구원의 손길을 내민 존재는 바로 지구 차원의 관리자였다.

즉, 지구의 신이 칸트라 차원에 구원의 길을 마련해 주었는데, 지구로 통할 수 있는 차원 문을 만드는 대신 자신이 관리하는 지구의 진화에 도움을 달라는 것이었다.

하지만 이들 넷의 힘은 너무나 강대해 지구의 문명과 생명체들이 감당할 수 없었다.

때문에 지구의 신은 이들 넷의 차원 이동을 원천적으로 막아 버렸다.

그렇기에 어쩔 수 없이 이들은 자신의 권속들을 살리기 위해 제안을 받아들이고 힘을 합쳐 차원 게이트를 만들어 냈다.

신과 같은 힘을 가지고 있다고는 하지만, 어쨌든 이들 넷은 신이 아니기에 힘을 합쳤다고 한들 차원 게이트를 만들어 낼 수는 없었다.

하나 그들의 강대한 힘에 지구의 신까지 도움을 주어 차원 게이트를 만들 수 있었다.

그러다 보니 차원 게이트를 만들 때마다 이들 넷의 힘은 점점 줄어들기 시작했다.

이때, 대마왕 번과 흑룡왕 앙칼리우로스는 엉뚱한 생각을 하기 시작했다.

자신들이 점점 약해진다는 것을 깨닫자, 전에 없는 생각을 하게 되었다.

그것은 바로 초월자인 이들이 하급 생명체들이나 느끼는 생존 본능이 깨어난 것이었다.

마왕을 넘어 대마왕이 된 번과 용중의 용인 흑룡왕이 짧은 삶을 사는 생명체처럼 죽음에 대한 공포를 느끼고, 생존을 위해 몸부림치며 궁리를 하게 되었다.

참으로 해괴한 일이 아닐 수 없었다.

이미 삶과 죽음에 대한 경계를 넘은 존재들이었다.

이들은 초월하여 신이 되거나 아니면 예정된 소멸만이 남아 있었다.

그런데 이러한 격을 가진 존재들이 하급 생명체처럼 편법을 사용해 생존을 이어 가려는 행동을 하기 시작했다.

그리고 그 시작이 바로 자신들의 권속을 이용해 지구 차원에 대단위 강림 마법진을 생성하는 것이다.

그러나 어느 순간부터 지구의 신과 계약한 대로 몬스터를 보내 혼란을 야기해는 것만으로는 절대 계획을 이룰 수 없다고 생각하게 되었다.

그래서 나온 방법이 바로 이것이었다.

다른 지배자들이 자신들의 권속을 보낼 때 몰래 편승해 좀 더 많은 권속을 지구로 보내는 방법.

그러는 과정에서 우렐리우스와 정령왕 엘리오스의 권속

들은 힘이 약해지고, 자신의 권속에게 흡수가 될 것이란 생각을 하였다.

그렇게 된다면 자신의 권속은 좀 더 강한 힘으로 지구에 건너갈 것이고 그렇게 되면 쉽게 지구 차원에서 자리를 잡을 수 있을 거라 예상하였다.

즉, 그 말은 자신들이 지구에 강림할 수 있는 확률이 늘어난다는 이야기였다.

대마왕과 흑룡왕은 이러한 자신들의 계획이 참으로 그럴듯해 보였다.

그리고 이렇게 엘리오스가 방심하는 틈을 타서 대마왕 번은 자신의 권속으로 들어온 광기의 정령 메드니스를 딸려 보냈다.

그렇게 물의 최상급 정령 슈마리온은 차원 게이트를 넘어 지구로 가서 공격을 당한 것이었다.

정령왕 엘리오스는 대마왕과 흑룡왕이 무언가 이상한 생각을 하고 있다는 것은 눈치채고 있었지만, 설마 이러한 계획을 가지고 있을 줄은 몰라 두 존재의 계획을 미리 막을 수 없었다.

— 대마왕 번 님의 강림을 위한 밑거름이 되어라!

[뭐? 설마 너희들!]

— 그래. 대마왕님과 흑룡왕님의 계획은 완벽하다. 너희는……

광기의 정령 메드니스는 자신이 알고 있는 대마왕 번과 흑룡왕 앙칼리우로스의 계획에 대해 주저리주저리 떠들어 댔다.

이 이야기를 모두 들은 슈마리온은 이를 악물며 소리쳤다.

[감히 약속을 저버리고 그러한 계획을 세우다니! 내가 가만있을 것 같으냐!]

— 후후, 이제 와서 네가 무엇을 할 수 있지? 이유 없는 살생으로 넌 이미 오염되었는데.

[크으으.]

메드니스의 말에 슈마리온은 침통한 신음을 흘렸다.

슈마리온은 물의 최상급 정령이며, 또 다른 이명은 생명의 정령이었다.

물과 생명은 무척이나 밀접한 관계를 가지고 있기 때문이었다.

사실 슈마리온도 특별한 사명을 가지고 지구로 넘어온 상태였다.

그런데 메드니스와 겹치면서 슈마리온은 광기에 휘말려 무고한 살생을 저지르고 말았다.

이 때문에 현재 슈마리온은 온전하게 자신의 왕인 엘리오스가 부여한 사명을 완수할 수가 없는 상태가 되어 버렸다.

비정상적인 상태에서 계획을 실행하다가는 칸트라 차원에 대기하고 있는 정령들이 이곳 지구에 넘어와 변질될 수도 있었기 때문이다.

슈마리온의 사명은 바로 지구에 정령의 나무를 심는 일이었다.

적당한 땅에 정령왕 엘리오스가 준 정령의 나무 씨앗을 심어 그것을 키워야 하는데, 그러기 위해선 생명의 힘이 무척이나 중요했다.

그러한 중요한 생명의 힘이 메드니스의 방해로 오염되어 버렸다.

그 때문에 씨앗을 심더라도 생명의 힘을 그것에 전할 수가 없게 된 것이었다.

만약 억지로 오염된 생명의 힘을 정령의 나무에 불어넣게 된다면, 그것은 온전한 정령의 나무가 아닌 오염된 정령의 나무로 자랄 것이었다.

그렇게 되면 지구로 넘어온 나머지 정령들은 그 영향으로 오염된 정령이 되어 이 세계마저 칸트라 차원처럼 파괴하고 말 것이기에 슈마리온은 어떻게 하든 힘을 정화하기 위해 정신을 집중하였다.

하지만 광기의 정령 메드니스는 이러한 슈마리온을 방해하고 자신의 목적을 이루기 위해 끊임없이 괴롭혔다.

— 이미 늦었다. 이곳과 우리가 있던 차원은 결코 공존할

수가 없다.

메드니스는 마치 악마가 인간을 유혹하듯 계속해서 슈마리온에게 말을 걸었다.

― 너도 인간을 잘 알지 않느냐. 인간은 절대로 우리와 공존할 수 없다는 것을 말이다.

멸망을 앞둔 칸트라 차원에도 예전에는 인간이 존재했다.

하지만 그들은 이미 오래전에 멸종하였다.

그 이유는 너무나도 많았는데, 그중 정령인 슈마리온의 관심을 갖게 한 것은 바로 인간들의 무분별한 자연 훼손이었다.

발전이란 미명하에 인간들은 마구잡이로 삼림을 훼손하고 바다를 메우고 땅을 파헤쳤다.

그 과정에서 땅은 황폐해지고 물은 오염되었다.

물길이 끊기고 대기의 순환은 막혀 버렸으며, 모든 생명의 근원인 바다도 점점 생명의 기운을 잃어 갔다.

그렇게 자연의 순환이 끊어지면서 칸트라 차원은 대재앙이 닥쳤다.

그 결과 정령왕 엘리오스의 분노로 인해 인간은 정령들에게서 어떠한 도움도 받을 수 없게 되었다.

정령왕과 정령들의 분노는 바로 자연의 분노였으며, 아무리 발전된 인간의 문명도 이들 자연의 분노 앞에서는 어떠한 저항도 하지 못하고 스러져 갔다.

그리고 지금 광기의 정령 메드니스는 슈마리온에게 오래전 멸종한 카트라 차원의 인간을 언급하며 그를 유혹하였다.

슈마리온은 이에 반응하며 괴로워하였다.

[그으으으!]

*　　　　*　　　　*

"듣던 것과 다르게 그렇게 크지 않은데?"

평강 평원이 내려다보이는 산등성이에 모인 헌터 중 하나가 중얼거렸다.

그곳에 모여 있는 헌터의 숫자는 정확하게 75명이었다.

대한민국 헌터 협회 직할대인 팀 유니콘 2전대, 5전대를 합친 24명과 연인인 최수연이 걱정되어 따라온 재식, 그리고 대형 길드에 속한 7등급 헌터들 중 추린 50명의 헌터들이었다.

예전 같았으면 6등급 보스 몬스터 이상의 재앙급 몬스터가 출현하게 되면 무작정 헌터 동원령을 내리고 봤을 것이지만, 세월이 지나면서 몬스터에 대한 연구가 활발해져 그에 대한 대응도 달라졌다.

무턱대고 헌터를 동원하는 것보다 적절한 숫자의 헌터를 동원해 몬스터에 대항을 하는 것이 희생자의 숫자도 줄이고, 또 더욱 효율적이란 것을 알게 되었기 때문이다.

작년까지만 해도 사실 헌터 협회는 재앙급 보스 몬스터에 어떻게 대응할지 적절한 대응책을 세우고 있지 않았다.

그래서 항상 주먹구구식으로 대응해 왔는데, 재식이 자신이 알고 있는 몬스터에 대한 정보를 헌터 협회에 넘김으로써 대응법이 만들어지게 된 것이다.

헌터의 숫자가 많으면 겉으로 보기에 그만큼 화력이 늘어날 거 같지만, 일정 숫자가 넘어가게 되면 헌터들은 각자 공격하는데 서로를 방해하게 된다.

컴퓨터 게임에서야 여러 캐릭터들이 모여도 그러한 현상이 발생하지 않고 파티와 파티, 공대와 공대가 서로 유기적으로 움직이며, 보스 몬스터를 레이드하지만 현실은 그렇지 못했다.

물리적인 육체가 없는 게임이야 캐릭터가 겹치더라도 상관이 없었고, 또 아군의 공격은 무효 처리가 되기에 별다른 불상사가 벌어지지 않았다.

하지만 현실에서는 옆 사람의 움직임에 방해를 받았고, 또 아군의 공격에 몬스터에 근접한 헌터가 부상을 당할 위험이 있었다.

그렇기 때문에 몬스터를 레이드할 때 팀원 간에 약속된 움직임이 중요했다.

만약 원거리 딜러들이 근거리 딜러들의 움직임을 짐깐이

라도 놓쳤다간 아군의 등에 화살과 마법이 박을 수도 있는 노릇이었다.

그러한 위험이 도사리는데도 보스급 몬스터나 대형 몬스터를 사냥하는 데 대규모 헌터가 모여 레이드한 것은 전적으로 화력 문제였다.

그도 그럴 것이, 몬스터의 시선을 끌고 공격을 받아 줄 탱커 역할을 하는 헌터의 체력은 한계가 있었고, 그들이 언제까지 몬스터의 공격을 받아 주기만 할 수는 없었다.

그러니 최대한 빠르게 몬스터의 체력을 빼기 위해 다수의 근, 원거리 딜러들이 대미지를 넣는 방법으로 몬스터 레이드를 하였다.

그렇지만 이제는 아니었다.

재식이 넘겨준 몬스터에 대한 정보를 바탕으로 헌터 협회에서는 그동안 수많은 시뮬레이션을 돌렸다.

직접적으로 헌터를 동원할 수는 없기에 가장 적절한 공대 규모를 찾기 위해 적절한 전력을 컴퓨터에 넣고, 수백, 수천 번을 각종 몬스터들을 대입해 시뮬레이션을 돌렸다.

그리고 오늘 시작할 레이드가 그 첫 시험 무대가 되었다.

그런데 여기서 한 가지 문제가 발생했다.

그것은 바로 저 평강 평원에 자리 잡은 몬스터의 공격을 과연 누가 받느냐는 거였다.

헌터 협회의 무력인 팀 유니콘 전대에도 탱커들이 있고,

또 각 대형 길드에서 온 헌터 중에도 이름이 알려진 탱커들이 있었기 때문이다.

하지만 메인 탱커에 대한 문제는 의외로 쉽게 결정되었다.

그도 그럴 것이, 이 자리에 있는 헌터 중 가장 강력하고 또 가장 단단한 헌터는 누가 뭐라 해도 S등급인 재식이었기 때문이다.

'영상으로 보았을 때보다 더 작다.'

재식은 저 멀리 보이는 몬스터를 보았다.

전멸된 헌터 공대 중 생존자가 전한 모습과, 또 며칠 뒤 헌터 협회의 직원이 촬영해 온 영상의 크기가 달랐다.

그리고 오늘 직접 눈으로 보니 어제 본 영상 속 크기보다 훨씬 더 작아 보였다.

"처음 보고를 받았을 때의 절반 크기밖에 안 돼 보이는데요?"

최수연은 이번 재앙급 몬스터 레이드의 지휘권을 가지고 있는 장선웅을 보며 이야기하였다.

"음, 그렇군."

평강 평원에 자리를 잡고 있는 슈마리온을 쳐다보던 장선웅도 고개를 갸웃거리며 간단하게 대답하였다.

실제로 이들이 보고 있는 것처럼 슈마리온의 크기는 봉래호에서 처음 출현할 때보다 그 크기가 절반으로 줄어 있었다.

다만, 다른 것이 있다면 크기는 절반으로 줄어든 반면, 비늘에서 흘러나오던 흐릿한 검붉은 기운이 이전보다 더욱 진해졌다는 것이다.

하지만 이곳에 모인 헌터들의 눈에는 그저 슈마리온의 크기가 줄어든 것만이 보였다.

그 변화가 어떤 영향을 주는 것인지 알지 못했기 때문이다.

그런데 헌터들 중 유일하게 재식만은 슈마리온의 특이한 모습에 의문을 표할 뿐이다.

그리고 그런 재식의 이상한 모습을 지켜보던 시선이 하나 있었는데, 그것은 바로 최수연이었다.

그녀는 저 평강 평원에 자리 잡은 슈마리온 레이드에서 탱커 역할을 할 재식의 안위를 걱정하며 쳐다보고 있어 쉽게 알아차릴 수 있었다.

"뭐 이상한 거라도 있어?"

재식의 의미심장한 표정을 본 수연이 그에게 물었다.

"아니. 내가 알고 있는 것과 조금 다른 모습을 하고 있길래 좀 의아해서 말이야."

대답을 들은 수연은 고개를 갸웃거렸다.

재식은 몬스터에 대한 지식이 관련 학자들 이상으로 많이 알고 있었다.

생체 실험을 당한 것 때문이란 것을 들었기에 많은 사람들이 있는 곳에서 굳이 그런 이야기를 하지는 않았지만, 지금 그가 이상하게 느끼는 게 무엇인지 궁금해 질문을 던졌다.

"뭐가 이상하다는 건데?"

"음, 이걸 어떻게 설명해야 하려나."

재식은 머릿속에 든 것을 정리해 다시금 입을 열었다.

"지금 저 앞에 있는 놈은 사실 몬스터라고 부르기보다는 자아를 가진 자연현상이라고 보는 것이 더 정확할 거야."

"자연현상? 그런데 그게 의지를 가지고 있다고?"

재식의 설명을 들은 수연은 방금 전 그가 한 말이 이해가 가지 않아 되물었다.

그런 수연의 질문에 재식은 조금 더 풀어 설명을 하였다.

그런데 이런 대화는 두 사람만의 얘기가 아니었다.

이곳에 모인 다른 헌터들도 흥미로운 이야기에 눈을 반짝이며, 귀를 기울이고 있었다.

그럴 수밖에 없는 것이, 몬스터에 대한 정보를 조금이라도 더 많이 알고 있는 것이 자신의 생존에 많은 도움이 되기 때문이었다.

그렇기에 헌터들은 레이드 전 혹은 몬스터 사냥을 나갈 때, 자신들이 사냥할 몬스터에 대한 브리핑을 자세히 들었다.

만약 몬스터에 대한 브리핑을 소홀히 하는 헌터가 있다면, 그게 누구가 되더라도 파티 혹은 공대에서 쫓겨날 것이 분명했다.

그만큼 몬스터에 알고 있는 것은 자신이나 옆에 있는 동료의 목숨과 직결되는 문제였다.

"소설이나 영화에서 그러한 존재를 정령이라고 하지."

"정령?"

"응. 그것도 저 정도 되면 최상급 정령일 듯한데."

"정령도 계급이 있어? 왕도 있고, 뭐 기사도 있고, 막 그런 거야?"

수연은 재식의 설명에 눈을 동그랗게 떴다.

이야기를 들으면 들을수록 신기했기 때문이다.

저 멀리 떨어져 있는 몬스터가 사실은 몬스터가 아니라 자연현상이고, 또 자아를 가지고 있다는 것에 신비함을 느꼈다.

"물론 있지."

재식은 수연을 비롯한 주변에 있는 헌터들이 모두 자신의 이야기에 귀를 기울이고 있는 것을 알아차리고 차분하게 설명을 들려주었다.

자칫 지루해질 수 있는 이야기였지만, 최대한 사람들의 흥미를 유발하며 이야기를 하였다.

그래야 조금이라도 자신들이 상대할 적이 어떤 존재인지

깨닫고, 그에 맞게 행동을 할 것이기 때문이었다.

"소설에서 설명하는 정령들에 대한 설정이 맞는 부분도 있고 틀린 부분도 있어."

수연은 재식의 이야기에 살짝 호응을 해 주며 그의 이야기에 귀를 기울였다.

"정령에는 여러 종이 있지만, 그중 대표적으로 분류하기를 물질계 정령과 정신계 정령으로 나눠."

"물질계 정령? 정신계 정령?"

"응. 보통 사람들이 알고 있는 물, 불, 바람 등 이런 속성을 가진 정령을 물질계 정령 또는 엘리멘탈 정령이라고 불러."

"그럼 정신계 정령은?"

"정신계 정령은 그 이름처럼 감정을 기반으로 생겨난 정령들을 말해. 예를 들어 분노라던가 혹은 우울감 등 이런 마이너스적인 감정을 가진 정령도 있고, 기쁨과 환희와 같은 플러스 적 감정을 가진 정령도 있어."

"아~"

재식의 설명을 들은 수연은 자신도 모르게 감탄을 내뱉었다.

방금 재식이 설명한 것을 어느 정도 이해했다.

헌터들, 아니, 정확하게 각성자들 중에서 그러한 속성을 각성한 헌터들이 있기 때문이었다.

"그러니까 자기 말은 저기 있는 정령이란 것이 물질계 정령이란 말이지?"

"응, 맞아. 그중에서도 정령왕 바로 밑에 존재하는 무척이나 강력한 존재지."

재식은 눈을 반짝이며 슈마리온에 대한 강함을 강조했다.

"그런데 오빠, 저건 얼마나 강한 거야?"

재식과 수연이 대화를 하고 있을 때 궁금증을 참지 못한 미나가 끼어들어 질문을 하였다.

"강함이라……."

재식은 미나의 질문을 받고, 어떻게 설명을 해야 제대로 알아들을까 고민했다.

챠콥의 기억으로 정령에 대한 지식은 알고 있지만, 사실 챠콥도 정령과 싸워 본 적이 없기에 정확하게 어느 정도로 강한지 알지는 못했다.

다만, 기억을 엿본 것만으로도 정력이 무척이나 강력하다고 느꼈다.

솔직히 객관적으로 알려 주는 것 자체가 힘들었다.

하지만 그래도 말을 해야 했다.

그래야만 본격적인 레이드에서 실수가 덜 나올 것이기 때문이었다.

"정령왕은 사실 그 속성에 한해서는 신과 같은 힘을 낼 수가 있어."

"신?"

"그래. 정령이란 게 애초에 관념적인 존재니까."

"아!"

"하지만 그 밑에 있는 정령은 그렇지 않아. 한 가지 속성을 띄기는 하지만 쉽게 설명을 하자면 한참이나 다운그레이드한 존재라 할 수 있지."

"다운그레이드?"

"응, 다운그레이드. 물론 그렇다고 약하다는 것은 아니야. 저기 저것은 아까도 말했지만, 그런 정령들 중 최상위에 있는 존재니 말이야."

"아이 참, 그러니까 얼마나 강하냐고!"

미나는 재식의 설명이 길어질수록 자꾸만 머릿속이 복잡해지자 버럭 소리를 질렀다.

"음……."

막상 설명하려니 재식도 어떻게 이야기를 해야 할지 갈피를 잡을 수가 없었다.

자신도 직접 최상급 정령의 힘을 보거나 겪어 보지 않았기 때문이다.

물론 챠콥의 기억 속에도 최상급 정령의 힘은 있지 않다.

"아!"

재식은 순간 생각나는 것이 있어 소리쳤다.

"뭔데?"

"떠오른 것이 있어서 말이야."

"그게 뭔데?"

"작년에 우리가 상대한 어스 드레이크 있지?"

"응."

재식은 작년에 양평에 나타난 어스 드레이크를 언급했다.

그러자 재식의 이야기를 조용히 듣고 있던 헌터들의 눈이 번쩍였다.

그도 그럴 것이, 어스 드레이크는 7등급 보스 몬스터라고 알려졌기 때문이다.

다만, 등급에 비해 너무나 쉽게 잡아 일각에선 헌터 협회가 자신들의 엄적을 높이기 위해 몬스터의 등급을 과장되게 책정한 것이라는 말까지 나왔다.

"사실 그건 제대로 힘을 회복하지 못한 놈이었어."

"그래?"

"응. 당시에 차원 게이트를 강제로 브레이크 시키는 바람에 그놈은 던전 안에서 힘을 회복하던 중에 이곳에 나타나게 된 거야."

재식은 당시 어스 드레이크 오마르가 생각보다 쉽게 잡힌 것에 대한 이유를 솔직하게 이야기해 주었다.

'아!'

재식의 설명을 들은 헌터들은 당시 어떻게 7등급 보스라

명명된 어스 드레이크가 그렇게 쉽게 잡힌 건지를 깨닫게
되었다.

"당시를 생각해 봐."

재식은 이야기를 하던 중 미나에게 말했다.

당시 오마르는 일반적인 몬스터의 움직임과는 무척이나
다른 행보를 보였다.

게이트 브레이크로 나온 몬스터가 처음 보이는 행동은 바
로 영역을 만드는 것이었다.

자신이 활동할 영역을 만들고, 그 뒤로 주변에 있는 먹이
를 사냥하여 몸집을 더욱 키운다.

그리고 나면 어느 정도 성장한 뒤에 더욱 영역을 넓히기
위해 활동을 개시한다.

그런데 양평에 출현한 어스 드레이크 오마르는 그러한 몬
스터들의 패턴과는 다르게 처음부터 주변에 있던 헌터와 몬
스터를 쓸어버리고 굶주린 짐승마냥 헌터들과 몬스터를 잡
아먹었다.

녀석은 한 차례 먹이 사냥을 끝마쳤음에도 그에 그치지
않고 헌터들이 모여 있는 곳으로 또다시 달려들었다.

당시에는 갑자기 나타난 재앙급 몬스터기에 그러한 이상
현상에 대해 생각할 겨를이 없었고, 그것을 막는 것에만 집
중하기도 벅찼다.

그런데 지금 재식의 말을 듣고 생각해 보니 참으로 이상

한 일이 아닐 수 없었다.

"그러네. 그때 그놈은 무언가에 쫓기듯 멈추지 않고 공격했어."

미나는 오마르가 자신들을 향해 달려오던 것이 생각나 말했다.

"당시 그놈은 차원 게이트 안에서 제대로 힘을 수습하지 못하고 나왔지. 때문에 부족한 에너지를 보충하기 위해 당시 인근에 있던 헌터들과 몬스터들을 죽이고 잡아먹었어. 그런데도 완벽히 채워지지 않은 에너지로 인해 인근에 있던 우리에게까지 달려온 거지."

재식의 설명에 팀 유니콘 최수연을 포함한 제5전대원과 당시에 참가한 고위 헌터들까지 고개를 끄덕였다.

"만약 그때 어스 드레이크가 제대로 힘을 수습하고 나타났다면, 아마 모르긴 몰라도 그곳에 있던 대부분의 헌터들은 모두 죽거나 심각한 부상으로 은퇴했을 거야."

"그럼?"

"맞아. 6등급 이상 헌터 200명이 덤벼도 전멸을 각오해야만 상대할 수 있는 존재라는 거지."

꼴깍.

재식의 말에 당시의 상황을 떠올린 사람들이 아찔함에 마른침을 삼켰다.

"조금 전에 최상급 정령의 강함이 어느 정도냐고 물었지?"

재식이 정미나를 바라보며 말했다.

"응."

"어스 드레이크를 기준으로 말하자면……."

재식은 질문을 한 정미나를 보다가 시선을 돌려 주변에 자신의 이야기에 귀를 기울이고 있는 헌터들을 돌아보았다.

꿀꺽.

누구의 목에서 난 소린지는 알 수 없었지만, 커다란 울림이 들려왔다.

하지만 재식은 이에 신경 쓰지 않고 말을 이었다.

"그 이상으로 강해."

"뭐?!"

"뭐라고?!"

마치 선언이라도 하듯 7등급 보스 몬스터보다 강하다고 이야기를 하자, 이를 들은 정미나를 비롯한 헌터들이 깜짝 놀라며 소리쳤다.

이 자리에는 작년에 양평에서 어스 드레이크를 상대해 본 헌터도 다수 포함이 되어 있었다.

그렇기에 이들의 반응은 상상 이상이었다.

"설마 그 정도로 강할 리가……."

"설마가 아니야. 어스 드레이크가 시술 헌터라고 친다면, 저기 있는 놈은 속성을 각성한 각성 헌터와 비슷하다고 보

면 돼. 아니, 물리적인 신체가 없으니 어쩌면 더욱 강하다
할 수 있지."

재식은 선언을 하듯 그렇게 이야기를 하였다.

그러자 주변에 있던 헌터들은 처음 이곳에 올 때와 다르
게 심각한 표정이 되었다.

산 위에 올라 저 멀리 떨어진 슈마리온을 보았을 때, 크
기가 줄어든 것에 해볼 만하다고 생각했다.

그런데 얘기를 듣고 나니 헌터들에게 있던 자신감이 모조
리 사라졌다.

"너무 걱정하지 마."

심각한 표정이 된 정미나와 수연의 모습을 본 재식이 빙
긋 미소를 지어 보이며 말하였다.

"어떻게 걱정이 안 돼."

"맞아. 그때도 끔찍했는데……."

수연과 정미나가 재식의 말에 투정을 하듯 이야기하자 재
식은 더욱 입가에 미소를 그리며 대답했다.

"나도 당시보다 훨씬 더 강해졌잖아."

"아!"

"자기 말이 맞아."

재식은 자신이 작년 어스 드레이크를 상대하던 때보다 강
해진 것을 언급하며 안심시켰다.

이를 들은 정미나와 최수연이 고개를 끄덕이며 조금 전

불안해하던 표정을 풀었다.

그런 세 사람의 대화에 아직 그 뜻을 알지 못하는 헌터들은 그저 고개를 갸웃거릴 뿐이었다.

5. 시작된 전투

슈마리온은 끊임없이 자신의 정신을 흔드는 광기의 정령 메드니스로 인해 점점 지쳐 가고 있었다.

그 증거로 푸른빛이던 슈마리온의 비늘에는 어느새 칙칙하고 검붉은 색이 섞여 있었으며, 그것은 시간이 지날수록 점점 더 많아지고 있었다.

— 후후, 그만 포기하지그래. 이미 늦었다는 것을 너도 알고 있지 않나.

메드니스의 유혹은 점점 거세졌다.

슈마리온은 자신을 잠식해 가는 메드니스의 광기를 해소하기 위해 정신이 하나도 없었다.

저벅저벅.

마침 그때, 여러 명의 발소리가 들려왔다.

— 호, 저기 인간들이 오는군.

메드니스는 슈마리온의 정신을 더욱 흩트리기 위해 다가오고 있는 헌터들을 언급했다.

[크윽! 결국 이렇게 되는 것인가? 엘리오스 님, 죄송합니다…….]

슈마리온은 자신에게 임무를 맡긴 정령왕 엘리오스의 이름을 중얼거렸다.

한편, 최상급 물의 정령 슈마리온을 처치하기 위해 평강평원으로 내려가던 헌터들은 슈마리온과 점점 가까워지면서 무언가 이상함을 느꼈다.

무슨 이유에서인지 지금 슈마리온의 크기는 조금 전 산기슭에서 보았을 때보다 더욱 줄어들어 있었다.

하지만 느껴지는 기세는 더 거칠어져, 이제는 거의 정점에 이른 7급 헌터들의 피부마저 따끔하게 만들고 있었다.

어떠한 공격도 하지 않았는데도 불구하고, 피부가 바늘로 찌르는 듯한 느낌에 헌터들은 깜짝 놀랐다.

'녀석의 기세가 조금 전과 다르다.'

산기슭과 바로 앞에서 보는 느낌이 서로 확연히 달라진 것에 헌터들은 긴장을 하였다.

그렇지만 정령의 기세가 바뀌었다고 이대로 물러날 수는 없었다.

이미 호랑이 등에 올라탄 형국이기에 배수의 진을 치는 마음으로 레이드에 들어가야만 했다.

"지금부터 레이드에 들어간다."

이번 레이드의 총책임자인 장선웅은 결연한 목소리로 헌터들에게 소리쳤다.

"본대는 우리 팀 유니콘에서 맡는다. 그리고 1대는 화랑 길드의 최백호 헌터가 맡아 지휘를 하고, 2대는 신성 길드의 유정권 길드장이 맡기로 한다."

"네, 알겠습니다!"

화랑과 신성 길드는 자타가 공인하는 최상위 랭킹에 있는 길드였다.

이 자리에 있는 이들 중 헌터 협회의 대표로 나온 장선웅을 제외하고는 최고의 레벨을 가지고 있는 헌터들이기도 했다.

특히나 신성 길드의 길드장인 유정권은 국내 제일의 재벌인 신성 그룹의 3남으로서 남들이 말하는 로열패밀리였다.

그럼에도 그는 국내 랭킹 2위의 자리를 성신 길드에게 빼앗긴 탓에 그것을 극복하기 위해 위험한 현장에 직접 나섰다.

그 때문에 장선웅은 그런 유정권에게 제2대를 맡긴 것이었다.

그런데 장선웅이 유정권에게 지휘를 맡긴 것은 비단 그가 국내 최고의 재벌가 사람이라는 이유만은 아니었다.

그가 최고의 헌터이며, 또 물 속성 최상급 정령인 슈마리온에 상극인 대지 속성의 헌터였기 때문이다.

재식은 헌터들에게 자신들이 상대해야 할 적에 대해 설명해 주면서 속성에 대한 정보도 알려 주었다.

이러한 재식의 도움으로 총책임자인 장선웅은 헌터들을 효율적으로 조직할 수 있었다.

방어에 특화된 대지 속성의 헌터들을 전면에 배치했고, 그들에게 물 속성 공격을 막는 역할을 주었다.

그 외의 속성을 가진 헌터들은 원거리에서 공격하는 것으로 역할을 분배했다.

상대적으로 슈마리온에게 약한 불 속성 헌터들은 솔직히 이 자리에 도움이 되지 않기에 출발 전에 다른 임무를 주었다.

혹시나 슈마리온의 레이드 도중 인근의 몬스터들이 몰려들 수 있기에 놈들을 마크하는 게 주목적이었다.

만약 봉래호에서 나온 슈마리온이 일반적인 몬스터라면 불 속성의 헌터가 메인 딜러가 되었을 것이다.

하나 이번만은 레이드에서 한 발자국 뒤로 물러날 수밖에 없었다.

그리고 물 속성의 헌터도 사실 같은 속성의 최상급 정령인 슈마리온에게 대미지를 주긴 힘들었다.

하지만 이들은 이번 레이드에서 나름 중요한 자리를 잡고 있었다.

그 이유는 혹시라도 대지 속성의 헌터들이 슈마리온의 공격을 모두 해소하지 못했을 때, 이들을 보조하기 위해서였다.

비록 슈마리온에게 피해를 줄 수는 없었지만, 같은 물 속성으로 인해 슈마리온의 공격을 어느 정도 상쇄시킬 수 있었기 때문이다.

아무리 대지 속성이 물과 상극이라고는 하지만, 슈마리온과의 격차가 너무 크기에 완벽하게 대미지를 상쇄한다는 것은 불가능했다.

장선웅이 재식의 조언을 듣고 결정된 조치였다.

그렇게 선두에 대지 속성의 헌터들이 탱킹을 위해 자리를 잡았고, 이 선에는 물 속성을 각성한 헌터들이 약화된 공격을 막기 위해 대기하고 있었다.

마지막으로 그 외의 다른 속성 헌터들이 자리를 잡고 있었다.

"넓게 퍼져 자리를 잡아라!"

장선웅은 큰 소리로 지시를 내렸다.

팀 유니콘의 제2전대장이자 이번 레이드의 총괄 책임자인 장선웅은 비록 자신의 속성이 슈마리온과 상극인 불 속성이었다.

하나 총괄 지휘자인 그가 빠질 수는 없기에 뒷줄에 자리 잡아 레이드를 지휘하기 시작했다.

한편, 재식은 원칙대로라면 헌터 협회 소속이 아니기에 화랑 길드의 최백호 헌터가 지휘하는 제1대나 신성 길드의 길드장인 유정권이 지휘하는 제2대에 편입이 되어야 했다.

하지만 뜻하지 않게 지휘자인 장선웅이 뒤로 물러나는 바람에 헌터 협회 직할팀인 팀 유니콘과 함께하며 맨 앞에 자리를 잡게 되었다.

그리고 그곳에서 재식은 가장 선두에선 메인 탱커의 역할을 맡았다.

팀 유니콘의 제2전대와 제5전대에도 탱커가 있었지만, 그중 어느 누구도 재식만큼 탱커에 적합한 사람이 없어 그 일을 맡게 되었다.

아니, 그게 아니라도 재식이 적극적으로 원해서 그리된 것이었다.

처음엔 제2전대에 있는 탱커도 최상급 정령의 공격을 충분히 막아 낼 수 있다며 자신 있어 했지만, 그 헌터에게 재식은 자신의 능력을 살짝 내보였다.

결과는 단번에 재식이 탱커 역할을 하는 것으로 결정났다.

그도 그럴 것이, 재식이 보여 준 기세는 지금 전면에 보고 있는 최상급 정령인 슈마리온에게 전혀 밀리지 않았다.

재식이 내보인 기세가 이렇듯 최상급 정령이 가진 살기를 능가하는 것은 재식이 먹어 버린 어스 드레이크 오마르 때문이었다.

지구에서야 오마르는 제대로 자신의 힘을 갈무리하지 못하고 현신하는 바람에 다른 7등급 보스 몬스터들에 비해 쉽게 잡혔다지만, 원래 차원인 칸트라 차원에서는 최상급 물의 정령인 슈마리온과 동급의 존재였다.

슈마리온의 왕인 엘리오스와 더불어 칸트라 차원을 4등분하던 흑룡왕 앙칼리우로스의 가디언이었다.

그런 존재기에 최상급 정령인 슈마리온 이상의 살기를 내보일 수 있는 것이었다.

"자기, 조심해."

재식은 점점 살기를 높여 가는 슈마리온에게 다가가면서 뒤에 있는 수연에게 조심하라는 당부의 말을 하였다.

"너도 조심해."

"응, 알았어. 내 걱정은 하지 마. 내가 얼마나 강한지 알시?"

"응. 당연히 알지!"

자신을 걱정하는 최수연의 말에 재식은 빙긋 웃어 보이며 대답을 하였다.

"모두 무사히 보자!"

"알겠어, 오빠."

"응. 오빠도 조심해!"

"끝나면 회식하자, 회식."

최수연에게 조심하라는 말을 끝내고 뒤이어 제5 전대원 중 자신과 인연이 있는 이들에게도 조심하라는 말을 했다.

그 말을 들은 이들도 한마디씩을 건넸고, 재식은 이에 가볍게 웃으며 앞으로 뛰어갔다.

이제 본격적으로 레이드가 시작되려고 하기 때문에 메인 탱커인 그가 가장 먼저 앞으로 나섰다.

그그그극!

"흐압!"

재식은 달리며 심장의 마력을 전신에 돌리는 동시에 기합을 질렀다.

이는 마력을 원활하게 신체 곳곳에 돌리기 위한 방법이기도 했지만, 앞으로 일어날 위험한 전투에 앞서 정신을 집중하기 위한 행위였다.

파지직—

재식이 그렇게 마력을 전신에 퍼뜨리자, 신체에 변화가 시작되었다.

거무스름한 안개와도 같은 물질이 재식의 몸에서 피어오르더니, 점점 더 그 크기를 키워 갔다.

그러자 재식의 신체도 검은 기운이 커지는 속도에 맞춰 커졌다.

그렇게 신체가 3m 정도로 거대해지자, 사람들의 시선을 한눈에 사로잡았다.

사람들은 갑자기 어마어마 커진 재식을 보며 움직임을 멈췄다.

"저, 저게……."

"뭣들 하고 있어? 정신 안 차려?"

이에 뒤에서 이를 보고 있던 장선웅이 크게 고함을 질렀고, 그제야 재식에게서 시선을 뗀 헌터들이 다시금 움직이기 시작했다.

1대와 2대 대원들이 변한 재식에게 시선을 주고 멈춰 있을 때에도 팀 유니콘으로 구성된 본대는 원래 계획한 대로 자리를 잡고 있었다.

애초 비교적 자유로운 길드보다 군기도 훨씬 잡혀 있기도 하고, 사전에 재식에 대한 이야기를 미리 들어 비밀을 어느 정도 알고 있었기 때문이다.

덕분에 팀 유니콘 진대들은 약속대로 움직여 대형 길드

소속 헌터들로 구성된 제1, 2대와는 다른 모습을 보여 주었다.

하지만 모든 일은 레이드가 완벽하게 끝나야만 얻을 수 있었다. 이곳에서 최상급 물의 정령 레이드에 성공하지 못한다면, 그것은 말짱 도루묵이었다.

한편, 슈마리온의 정신 속에서 계속해서 그를 괴롭히던 메드니스는 눈앞에 보이는 재식의 변화를 보며 호기심을 느꼈다.

그도 그럴 것이, 이곳에 온 인간들 중 유일하게 자신과 비슷한 마이너스 적인 기운을 풍기고 있는 인간을 보았기 때문이다.

— 호, 신기한 인간이 하나 있군.

메드니스는 뭐가 그리 기분이 좋은지, 슈마리온의 아래 다가온 재식을 보며 웃었다.

— 대마왕님의 명령만 아니라면, 당장에라도 차지하고 싶은 인간이야.

그랬다.

메드니스가 관심을 보이는 이유는 바로 그것이었다.

광기의 정령인 메드니스는 여느 물질계 정령과는 그 능력을 사용하는 방법이 달랐다.

물질계 정령들은 자신과 정신을 공유하는 정령사들에게 사역을 당하여 가지고 있는 속성으로 힘을 발휘했다.

반면, 메드니스와 같은 정신계 정령들은 정신을 공유하기보단 그들을 숙주로 삼아 대상의 마력과 생명력이 다해 죽을 때까지 노예처럼 부렸다.

정신계 정령 중 대표적인 정령으로는 분노의 정령 퓨리나 광기의 정령 메드니스가 있었는데, 이들은 숙주에게 엄청난 힘을 주었다.

분노의 정령 퓨리의 힘을 받아들인 숙주는 주변의 모든 것에 분노하며 죽을 때까지 전투를 하다가 생을 마감했고, 광기의 정령 메드니스와 계약한 존재는 주변의 모든 것을 파괴하다가 결국 자신까지 파괴하고 말았다.

그리고 지금 메드니스가 재식에게 관심을 보이는 것은 모두 재식의 몸에 있는 흑마력 때문이었다.

어떻게 보면 광기의 정령인 메드니스와 무척이나 어울리는 에너지였다.

흑마력은 흑마법사가 마법을 사용할 때 이용하는 마력으로, 일반적인 마나와 비교하자면 마이너스적인 에너지라 할 수 있었다.

그렇기 때문에 예부터 흑마법사 중에는 분노의 정령 퓨리나 광기의 정령 메드니스와 같은 정신계 정령에게 잠식이 되는 자들이 많았다.

그리고 메드니스는 그들과 많은 계약을 통해 욕망을 풀었다.

그렇게 한 번 광기를 풀고 나면 메드니스는 더욱 성장을
할 수 있었다.

처음부터 정해진 힘을 가지고 태어나는 물질계 정령들과
는 다르게 정신계 정령들은 힘의 크기가 가변적이다.

이는 정신계 정령에게는 이들을 지배하는 왕이 없기 때문
이었다.

그렇기에 정신계 정령들은 처음 태어날 때는 미약한 힘을
가지고 있지만, 여러 숙주들과의 계약을 통해 점점 힘을 키
워 갈 수 있었다.

특히나 분노의 정령이나 광기의 정령의 경우에는 처음부
터 큰 힘을 가지고 태어나는데, 이는 분노나 광기가 다른
정신계 관념보다 상위에 있는 격이었기 때문이다.

지금 메드니스가 재식에게 관심을 보이는 것에는 이런 이
유도 있었지만, 그 외에도 재식이 가지고 있는 마력의 크기
도 있었다.

같은 정령이 깃든다고 해도 본체가 가지고 있는 힘의 크
기에 따라 사용할 수 있는 힘의 세기도 달랐다.

이게 바로 물질계 정령과 정신계 정령이 가지는 차이였
다.

물질계 정령이 사역자가 가진 힘 이상을 보일 수 없는 반
면, 정신계 정령은 그렇지 않았다.

이는 물질계 정령은 자신의 사역자의 안전을 최우선으로

생각해서였다.

그에 반해 정신계 정령은 숙주가 가진 욕망의 크기에 비례해 최고의 힘을 발휘하기에 숙주의 안전은 생각지 않고 힘을 마음껏 사용해 왔다.

메드니스가 보는 재식은 지금까지 자신이 사용한 어떤 숙주보다도 잠재력이 뛰어났다. 만약 재식의 몸을 차지할 수만 있다면 어쩌면 드래곤과도 겨룰 수 있을 것으로 보였다.

하지만 그러한 욕망은 대마왕 번이 내린 명령이 먼저기에 참아야만 했다.

대마왕 번은 모든 정령들의 왕인 엘리오스 버금가는 힘을 가진 절대적인 존재였다.

특히나 마이너스적인 힘을 사용하는 메드니스와 같은 존재들에게는 치명적인 존재로서 감히 그의 말을 거역하다가는 소멸할 수도 있었다.

그렇기 때문에 메드니스는 어쩔 수 없이 아까운 먹이를 눈앞에 두고도 취할 수가 없었다.

*   *   *

크아아아앙!

슈마리온은 점점 몸의 주도권을 잃어 가는 것에 대한 분노와 고통으로 인해 허공에 대고 괴성을 질러 댔다.

"시작된다. 모두 준비해!"

슈마리온의 괴성에 이를 지켜보던 장선웅이 크게 소리쳤다.

아니나 다를까.

장선웅의 외침이 있고 계속해서 이상한 행동을 하던 슈마리온이 본대를 직시하였다.

그런데 처음 헌터들이 슈마리온을 보았을 때와 달라진 것이 보였다.

검붉은 비늘도 더욱 많아지고 짙어졌다.

또 달라진 것이 있었는데, 그건 바로 슈마리온의 눈동자였다.

처음 가까이 와서 보았을 때만 해도 눈빛이 조금 탁하기는 해도 분명히 청량한 푸른색을 띠고 있었다.

하지만 푸른 물색은 사라지고, 지금은 검붉은 광기로만 물들어 있었다.

크아아아아!

조금 전과 비슷한 괴성이었지만, 그 느낌이 완전히 달랐다.

이전에 지른 괴성이 처연하고 무언가 억압당하는 것에 대한 반항이 섞인 느낌이었다면, 지금은 오로지 광기에 물들어 파괴적인 느낌만 주었다.

크르륵! 크르륵!

크악!

눈빛이 돌변한 슈마리온은 갑자기 머리를 하늘 높이 치켜 올리더니, 느닷없이 고개를 숙이며 워터 브레스를 토해 냈다.

"으합! 어스 월!"

재식은 정면으로 날아오는 슈마리온의 워터 브레스에 맞서 대지 속성 방어 마법인 어스 월을 시전하였다.

그리고 3클래스 대지 마법만으로는 최상급 물의 정령인 슈마리온의 워터 브레스를 모두 막아 낼 수 없다는 판단 하에 바로 배리어 마법을 시전했다.

비록 속성력을 가지고 있지 않아 워터 브레스에 대한 속성의 우위를 점할 수는 없겠지만, 그래도 어스 드레이크 오마르의 화염 브레스도 막아 내던 5클래스 방어 마법이었다.

그러니 어스 월로 약해진 워터 브레스 정도는 충분히 막아 줄 수 있을 것이라 예상했다.

쾅!

쿵!

재식의 예상은 맞았다.

처음 워터 브레스와 부딪힌 어스 월은 얼마 버티지 못하고 무너져 내렸다.

하지만 어스 월 뒤에 시전에 배리어 마법은 5클래스 마법답게 물리력을 동반한 슈마리온의 워터 브레스를 막아 낼 수 있었다.

"한 번 받았으니, 그럼 나도 한 번 돌려줘야지."

배리어 마법을 시전하고 슈마리온의 워터 브레스가 다가오는 동안 재식은 또 다른 마법을 준비하고 있었다.

방어를 했으면 그 다음에는 공격을 해 주는 것이 수순이었다.

그래서 재식은 물과 상극인 대지 속성을 담은 공격을 준비했다.

"락 스피어!"

슈마리온이 공중에 떠 있는 상태라 그를 공격할 수 있는 방법은 원거리 공격뿐이었다.

그 때문에 선택의 여지가 없어 락 스피어를 생성해 슈마리온에게 던졌다.

비록 락 스피어가 3클래스 마법이라 최상급 정령인 슈마리온에게 큰 대미지를 줄 수는 없을 것이라 생각했지만, 그래도 어그로를 자신에게 돌릴 수만 있어도 이득이라는 판단이었다.

그런데 재식의 예상과는 다르게 3클래스 대지 마법인 락 스피어는 의외의 위력을 보여 주었다.

쉬익—

쾅!

락 스피어는 슈마리온의 배 부위에 가서 부딪쳤는데, 3클래스 마법이라고는 상상도 못할 엄청난 충격음을 냈다.

크악!

커다란 슈마리온의 몸에 비해 3m 크기의 돌창은 조금 큰 바늘 정도에 지나지 않았다.

하지만 이를 시전하는 재식의 능력을 생각하면, 단순히 클래스가 낮다고 무시할 수 있는 위력이 아닐 것이다.

그런데 광기의 정령인 메드니스에 이지가 잠식당한 슈마리온은 이런 재식의 락 스피어 마법을 그냥 몸으로 받아 내는 바람에 대가를 혹독하게 치렀다.

크아아악!

슈마리온의 몸을 형성하던 한 부위가 재식의 마법으로 인해 뜯겨 나갔다.

물론 슈마리온의 몸은 생물학적으로 구성된 몸이 아닌 그저 타고난 속성인 물의 집합체기에 금방 제 형상을 찾아갔지만, 그 충격의 여파는 다른 헌터들도 눈으로 볼 수 있었다.

"줄었다……."

"크기가 줄어들었어!"

재식의 공격을 받은 슈마리온의 크기가 조금이나마 줄어

든 것이 헌터들의 눈에 들어오자, 여기저기서 떠드는 소리
가 들려왔다.

"우워어어!"

재식은 슈마리온을 보며 괴성을 질렀고, 그건 단순한 괴
성이 아닌 최상급 정령인 슈마리온의 시선을 자신에게 붙잡
아 두기 위한 워 크라이였다.

오크 전사의 마정석을 심장에 이식하며 우연히 얻게 된
능력인데, 효과가 워낙 좋은 탓에 재식은 몬스터 사냥을 할
때면 워 크라이를 종종 사용했다.

그래서 몬스터 사냥을 나가면 재식은 가장 선두에서 이렇
게 워 크라이를 시전하고는 했다.

크륵!

상처를 입었다 회복한 슈마리온은 워 크라이 소리에 재식
을 돌아보았다.

그렇지 않아도 자신의 공격을 막고, 자신에게 상처를 입
힌 적을 찾고 있었다.

그런데 주변에 있는 인간들 중 재식이 가장 가까이 있는
데다가 가장 커 한눈에 자신에게 상처를 준 적이 누군지 알
수 있었다.

크르륵—

크앙!

푸슈—

슈마리온은 조금 전과는 다르게 고개를 젖히지 않고 바로 입에 물 속성 마력을 모아 재식을 향해 워터 브레스를 쏘았다.

처음 뿜어낸 것보다는 굵기가 짧았지만, 단일 개체에 사용하는 것이다 보니 그 위력은 이전에 못지않게 강력했다.

하지만 아무리 강한 공격이라도 미리 대비를 하고 있다면 별로 위협적으로 보이지 않았다.

재식 역시 슈마리온의 공격이 올 것을 알고 미리 대비를 하고 있었다.

"아이언 실드!"

이번에 시전한 것은 4클래스로 기본 방어 마법인 실드에 금속 속성을 가미해 방어력을 높인 마법이었다.

금속 속성을 가미해 방어력이 높아졌다고는 하지만, 5클래스의 배리어 마법보다는 약한 마법이었다.

"조심해!"

뒤에 있던 수연이 재식을 향해 쏘아진 슈마리온의 워터 브레스를 보며 소리쳤다.

"걱정하지 마."

자신을 걱정해 소리치는 수연의 목소리를 들은 재식은 뒤도 돌아보지 않고, 자신을 향해 쏘아진 워터 브레스만을 노려보며 말했다.

이내 슈마리온의 브레스가 재식이 펼친 아이언 실드에 직격했다.

챙!

금속이 부딪치는 맑은 소리가 들렸다.

강력한 워터 브레스가 재식을 향해 날아와 부딪쳤는데, 정작 재식에게는 별다른 피해를 주지 못하고 허공으로 날아가 버렸다.

아니, 정확하게 말하자면 재식은 아이언 실드를 비스듬하게 시전해 공격을 비껴 낸 탓이었다.

그렇게 재식은 자신을 향해 날아들던 슈마리온의 워터 브레스를 헌터들이 없는 허공으로 날려 보냈다.

만약 자신을 향해 날아들던 워터 브레스를 직격으로 막아 내려 했다면, 아무리 단단한 아이언 실드라 해도 최상급 물의 정령의 워터 브레스를 온전하게 막아 내지는 못했을 것이다.

만약 그것이 가능하다면 처음 날아들던 워터 브레스를 어스 월과 배리어 마법을 이용해 위력을 줄이지 않았을 것이고, 재식의 대응도 달라졌을 것이다.

그럼 어째서 처음 공격은 그러지 않았느냐 물을 수도 있다.

하지만 그건 안 한 게 아니라 못한 거였다.

첫 워터 브레스는 타격 지점이 넓었고, 그로 인해 낮은 클레스의 마법으로 튕겨 내기보다는 더욱 크고 확실하게 막아야만 했다.

그럴 수밖에 없는 것이, 재식의 뒤에는 74명의 헌터들이 있었기 때문이다.

물론 다들 한 실력 하는 사람들이기에 어떻게든 막아 낼 수도 있겠지만, 자신이 메인 탱커이니 가능한 자신의 선에서 끝내는 것이 좋았다.

재식의 뜬금없는 워 크라이도 같은 맥락에서였는데, 다른 헌터들의 체력을 최대한 아껴놔야 이후에 제대로 레이드를 진행할 수 있었다.

다만, 두 번째 공격에서 4클레스의 마법을 쓴 이유는 마력을 아끼기 위해서였다.

아무리 재식이 이제는 마력이 전에 비해 풍부해졌다고는 하지만, 마력은 아끼면 아낄수록 좋았다.

재앙급 몬스터를 상대하는 것 혹은 그 이상의 존재들을 상대하려면, 아무리 많은 마력이 있더라도 어떤 변수가 나타날지 모르기 때문이다.

그래서 이번에도 재식은 자신이 생각한 최적의 상태로 마법을 시전해 슈마리온의 워터 브레스를 막아 낸 것이다.

그아아아아아!

지신의 공격이 통하지 않자 슈마리온은 더욱더 괴성을 질렀다.

하찮은 미물에 불과한 인간이 자신의 공격을 어렵지 않게 막아 내는 것에 화가 난 슈마리온은 계속해서 재식을 향해 공격을 이어갔다.

한편, 계획대로 최상급 정령이 재식에게 시선이 집중되고 있었고, 그것을 지켜본 장선웅은 조금 더 기다리다가 헌터들에게 공격할 것을 지시했다.

"모두 공격!"

총지휘자인 장선웅의 명령이 떨어지자, 대기하고 있던 헌터들이 일제히 슈마리온을 향해 속성 공격을 퍼붓기 시작했다.

휘이잉—

번쩍!

파지직—

헌터들은 자신이 각성한 속성 중 가장 강력한 공격을 시전하였다.

재식을 포함한 75명의 헌터 중 이번에 공격을 감행한 헌터는 대략적으로 40여 명에 이르렀다.

아직 레이드 초기다 보니 슈마리온의 공격을 방어하기 위해 선두에 선 대지 속성의 헌터들과 그들을 보조하는 물 속성 헌터 대부분은 이번 공격에 참여하지 않았다.

그럼에도 수많은 공격을 받은 슈마리온은 격렬하게 반응

을 하였다.

파지지직—

쾅! 쾅!

번개 속성 공격과 바람 속성 공격들이 거대한 슈마리온의 몸에 부딪치면서 대미지를 입혔다.

크아아악!

큰 대미지는 아니었지만, 이미 광기에 젖은 탓에 그 조금의 대미지도 참을 수가 없었다.

크르르르!

아무리 재식이 슈마리온의 시선을 끌었다고는 하지만, 거대한 그의 눈동자에 재식만이 보이는 것은 아니었다.

자신이 재식에게 시선을 빼앗긴 사이 공격을 한 헌터들을 보게 되자, 화를 참지 못하고 다시 한번 워터 브레스를 내뿜었다.

하지만 이번에는 처음과 두 번째 사용한 워터 브레스와는 다르게 사방으로 퍼져 나가는 방사형이었다.

"브레스다. 막아!"

재식은 슈마리온이 공격을 하려는 낌새를 눈치 채고 주변에 있는 헌터들에게 주의를 주었다.

그러는 한편, 이번 브레스가 조금 전과는 다르다는 예감을 한 재식이 최대한 넓게 방어막을 펼쳤다.

"어스 월!"

어스 월이 비록 3클래스 마법이긴 하지만, 마력을 얼마나 사용하느냐에 따라 더욱 넓고 더욱 높게도 만들 수 있었다.

그렇기에 재식은 넘쳐흐르는 심장의 마력을 이용해 어스 월에 쏟아 부으며 최대한 크고 넓게 마법을 시전했다.

그 때문인지 재식이 시전한 어스 월은 재식을 중심으로 좌측의 제1대와 우측의 제2대의 전면까지 모두 가릴 수 있는 커다란 벽이 되어 있었다.

쾅!

대지의 벽이 만들어지기 무섭게 슈마리온이 쏘아 낸 워터 브레스가 그 벽에 부딪쳤다.

"곧 뚫릴 것이니까 빨리 다음을 준비해요."

재식은 자신이 시전한 어마어마한 규모의 벽조차 결코 슈마리온의 워터 브레스를 완전히 막아 내지 못하고 무너질 것을 잘 알기에 경고하였다.

"오케이!"

"알았다."

재식의 도움으로 여유를 찾은 헌터들은 나름대로 단단한 대지의 벽을 만들어 방어 라인을 형성했다.

쾅광! 재식이 시전한 어스 월과 한차례 부딪혀 위력이 많이 줄어들기는 했지만, 그래도 슈마리온의 워터 브레스는 아직까지 흉흉한 기세로 밀려들어 헌터들이 형성해 놓은 방어 라인과 부딪쳤다.

"윽!"

위력이 많이 줄어들었음에도 불구하고, 슈마리온의 워터 브레스는 상당한 위력을 발휘하였다.

이 때문에 슈마리온의 워터 브레스를 막던 헌터들은 비명을 지르며, 그 힘에 밀려 뒤로 넘어지거나 나뒹굴었다.

하지만 재식이 1차로 먼저 공격을 막은 덕분에 부상을 당한 헌터는 아무도 없었다.

더욱이 이 자리에 있는 헌터들은 각 헌터 길드에서 손에 꼽는 최고의 헌터들이었다. 그러다 보니 가지고 있는 방어 장비도 상당하기에 바닥에 나뒹굴어도 찰과상 하나 입지 않았다.

다만, 워터 브레스의 위력이 위력이다 보니, 재식이 메인 탱커 역할을 하는 본대를 제외한 양쪽의 두 진영은 슈마리온의 공격에 진영이 뒤로 밀렸다.

"정비된 헌터들은 어서 공격해!"

한차례 공격을 방어하고 나자, 뒤에서 장선웅은 다시금 헌터들에게 공격을 장려하였다.

"와아!"

"우리가 이긴다!"

헌터들은 슈마리온의 공격을 무사히 막아 냈다는 것을 깨닫고, 함성을 지르며 다시 공격을 하기 시작했다.

그렇게 헌터와 최상급 물의 정령 슈마리온의 전투가 시작되었다.

*　　　　*　　　　*

쾅! 쾅!

그아아악!

"와아!"

물의 최상급 정령 슈마리온이 지르는 괴성과 인간들의 함성, 그리고 그들의 공격들이 부딪치면서 울려 대는 소음은 드넓은 평강 평원을 가득 채웠다.

"끝이 얼마 남지 않았다."

뒤에서 헌터들을 장려하는 장선웅의 목소리에 힘이 실리기 시작했다.

그도 그럴 것이, 처음 20층 높이 정도에 이르는 크기를 자랑하던 슈마리온의 덩치가 이제는 그 절반 정도로 줄어들었기 때문이다.

다만, 크기가 줄어든 대신 몸의 색은 더욱 불길한 검붉은 색으로 바뀌어 있었다.

"하압!"

재식은 처음의 푸른색에서 점점 검붉은 색깔로 변해 가는 슈마리온의 모습에 이상함을 느꼈다.

채콥의 기억이나 어스 드레이크 오마르의 기억 속에서 알고 있는 물의 최상급 정령의 모습과는 너무나 차이가 있어 재식은 의문을 품지 않을 수가 없었다.

하지만 의문을 품는 것은 품는 것이고, 아직 전투가 끝난 것은 아니기에 자신이 할 수 있는 것을 하였다.

"오빠! 그런데 우린 언제까지 대기해야 돼?"

물 속성은 아니지만 물과 관련된 속성을 가지고 있는 정미나는 재식의 뒤에서 대기하다 지루한지 질문을 하였다.

현재 벌어지고 있는 전투의 양상과는 다르게 꽤나 한가한 모습이었다.

그렇지만 정미나도 아주 정신을 놓고 있는 것은 아니었다.

몬스터 레이드를 많이 경험한 그녀이기에 언제나 전투 상황에서는 긴장을 끈을 놓지 않고 경계를 했다.

다만, 지금은 재식으로 인해 주변을 살필 여유가 있어 질문을 한 것이었다.

"응. 조금 뒤에 뭔가 변화가 일어날 것 같아. 그때는 너와 대기하고 있는 다른 헌터들도 총공격을 해야 할 거야."

재식은 레이드의 흐름을 날카롭게 읽으며 그렇게 이야기하였다.

정미나가 느끼기에도 조만간 뭔가 변화가 일어날 것 같아 얼른 뒤로 물러나 나름대로의 준비를 하였다.

본대는 양쪽의 제1대와 제2대보다 조금은 여유롭게 레이드에 임하고 있었는데, 이는 재식이 메인 탱커를 맡고 있기 때문이었다.

덕분에 본대는 이후의 전투를 위하여 상당한 힘을 축적하고 있는 중이다.

특히나 이들은 재식이 제작한 아티팩트를 가지고 있어 더욱 그러하였다.

한편, 슈마리온의 정신을 잠식한 광기의 정령 메드니스는 현재 돌아가는 상황이 자신의 뜻과 다르게 진행되자 몹시 기분이 나빴다.

하지만 그것은 전적으로 그의 잘못이었다.

광기의 정령인 그가 잠식하고 있는 존재는 생명체가 아닌 정신체였다.

그것도 그와 버금가거나 능가하는 정신력의 최상급 정령이며, 치유 속성을 가진 물의 정령이었다.

그 때문에 사실 광기의 정령인 그와는 잘 맞지 않았다.

─ 흐음, 쉽지 않군.

메드니스는 슈마리온의 안에서 전투를 지켜보다가 말했다.

그러고는 자그맣게 보이는 한 사람을 바라보았다.

저 아래 검은 빛깔의 커다란 덩치를 가지고, 슈마리온의 공격을 막아 내며 간간이 반격을 하는 재식을 말이다.

메드니스에게는 오히려 최상급 물의 정령보단 재식의 몸을 숙주로 삼는 것이 훨씬 큰 위력을 발휘했을 것이다.

다만, 메드니스는 이러한 사정을 모르기에 하찮은 벌레와도 같은 인간에게 당하고 있는 슈마리온이 한심하게 느껴질 뿐이었다.

— 안 되겠군.

뭔가 결심을 한 것인지 광기의 정령 메드니스가 본격적으로 힘을 끌어 올리기 시작했다.

전투를 슈마리온에게 맡기지 않고, 자신이 직접 나서기로 한 것이었다.

6. 세상의 비밀을 엿듣다

많은 사람들이 텔레비전 화면 앞에 모여 무언가를 보고
있었다.

크르릉!

쾅! 쾅!

스피커에서는 괴수의 울음소리와 인간들이 쏘아 낸 공격
이 폭발하는 소리가 들렸다.

"어째……."

"제발!"

텔레비전 앞에 모인 사람들은 두 손을 모아 간절한 표정
으로 무언가를 기도했다.

웅성웅성.

사람들이 많이 모여 있다 보니, 한 사람이 한마디씩만 하는데도 수십 수백의 단어가 되어 순식간에 장내가 어수선해졌다.

하지만 그러는 와중에도 사람들의 시선은 모두 커다란 텔레비전 화면에 고정되어 있었다.

쾅!

그워억!

"와아!"

텔레비전 화면에 커다란 폭발음이 울리고 괴수의 비명 소리가 크게 들렸다.

그러자 이를 지켜보던 사람들은 크게 환호했다.

지금 이들이 보고 있는 것은 단순한 영화의 장면이나, 특수 효과를 촬영한 동영상이 아닌, 실제로 어디에선가 벌어지고 있는 몬스터 레이드 장면이었다.

정확하게는 국토 수복 계획 중에 중부 전선에 나타난 7등급 보스급 이상으로 추정되는 몬스터의 레이드 장면이었다.

지금까지 나타난 몬스터 중 가장 큰 것으로 알려졌는데, 전투가 벌어지는 곳은 이들과 얼마 떨어지지 않은 평강 평원이었다.

그 때문에 이곳 철원읍에 있는 헌터와 이들을 상대로 장사를 하는 사람들은 하던 일도 멈추고 레이드 장면을 시청하는 중이었다.

어차피 저기서 사냥을 성공하지 못하면 자신들도 죽는 거나 다름없었으니 말이다.

"야! 그런데 저기 가운데 검은 것은 뭐냐?"

"넌 그것도 모르냐? 헌터 협회가 발표한 우리나라에서 네 번째로 나온 S급 헌터잖아."

텔레비전을 보고 있던 사람들 중에서 누군가 묻자 그 옆에 있던 친구가 핀잔을 줬다.

봉래호 보스 몬스터 레이드의 가장 선두에 서서 괴수와 맞서고 있는 특이한 존재에 대해 궁금해 하는 이들이 많았다.

하지만 재식에 대한 정보는 거대 길드를 제외하고는 그렇게 많이 알려져 있지 않은 상태였다.

게다가 다른 헌터들과는 다르게 인간이라고 하기에는 너무나 큰 키와 덩치 그리고 무엇보다 재식의 피부색이 사람들 사이에서 의문을 갖게 만들었다.

비록 많이 알려지지는 않아 재식에 대한 자세한 정보를 알지는 못했지만, 헌터 협회가 대대적으로 발표했던 내용만큼은 기억하고 있던 헌터가 재식의 정체에 대해 정확하게 알려 줬다.

"아! 저기 저 사람이 그 사람이야?"

"그래, 그렇다니까."

재식의 정체를 친구에게 들려주던 그는 잠시 주변을 살피다가 나지막한 목소리로 입을 열었다.

"저 사람은 단순하게 혼자만 강한 것이 아니라고 하더라고."

"그래? 그럼 또 뭐가 있어?"

"응. 내 아는 사람이 헌터 협회에서 일을 하는데, 저 사람이 작년에 헌터 길드를 만들었데. 그런데 그곳의 헌터들도 상당한 실력자라더라."

"그거야 실력 있는 헌터들을 포섭하면 되는 건데, 뭐."

이야기를 들은 친구는 별거 아니란 듯 뚱한 표정을 하였다.

"아니야. 어차피 실력이 있는 헌터는 모두 다른 길드에서 데려가거나 자체적으로 양성하잖아."

"그건 그렇지."

"그래서 남은 헌터들은 그렇게 걸러진 이들밖에 없어서 사실 쭉정이라는 것도 알지?"

"하긴……."

사실 이곳에 있는 헌터들 대부분도 이런 쭉정이에 불과한 헌터들이었다.

헌터 길드에 소속된 이들이라면 이렇게 넓다란 광장에서 여러 대의 텔레비전을 연결해 시청하지 않고, 편안한 숙소에서 쾌적한 환경으로 시청하고 있을 것이었다.

"당시 모집한 헌터들의 수준은 겨우 4등급을 넘은 헌터들로 유전자 시술을 받은 지 몇 달이 채 되지 않은 초보들이었대!"

"뭐? 그게 사실이야?"

"그렇다니까! 그런데……."

두 친구의 대화에 어느새 주변에 있던 사람들의 관심이 집중되고 있었다.

하지만 두 사람은 사람들의 시선이 자신들에게 몰리고 있는 것도 모르고 신나게 떠들었다.

"아마 그 길드에 들어가기 전에는 너보다 레벨이 낮았을 걸?"

"그럼 지금은?"

"야, 말도 마라. 그 길드 헌터 두세 명이서 6등급 몬스터인 오우거를 사냥한다더라."

"뭐? 그게 사실이야? 어떻게 그게 가능해?"

웅성웅성.

두 사람이 주거니 받거니 하는 이야기를 엿듣던 사람들이 깜짝 놀라 웅성거렸다.

자신들보다 레벨이 낮은 헌터가 무려 6등급의 몬스터인 오우거를 잡았다는 것에 놀랐다.

그러나 그보다 더 놀란 것이 있었다.

자신들은 오우거를 잡으려면 40여 명의 공대 하나를 구성해야 했는데, 그렇게 공대를 구성한다고 해도 무조건 오우거를 사냥할 수 있다는 보장이 없기 때문이었다.

그만큼 등급의 차이는 너무나 확실했다.

단순한 헌터의 레벨 차이가 아니었다.

오우거는 무려 6등급의 몬스터다.

비록 엘리트나 보스 몬스터는 아니지만, 오우거는 판타지 소설에서 뛰어난 사냥꾼으로 묘사가 되는 몬스터였다.

현실에서도 별반 다를 것 없이 오우거는 지능 자체는 조금 떨어지는 편이지만, 본능적으로 자신이 불리한지 유리한지를 판단하여 사냥을 하는 뛰어난 사냥꾼이었다.

그 때문에 오우거 레이드를 할 때는 각별한 주의가 필요했는데, 그것은 오우거가 본능적으로 가장 약한 존재를 먼저 공격하기 때문이었다.

약한 존재부터 하나하나 숫자를 줄여 나가는 방식으로 사냥을 하기에 오우거 레이드는 힘들고 사상자가 많이 나오는 몬스터 중 하나였다.

그런 이유로 헌터들은 오우거 사냥보다는 그보다 약한 트롤이나 미노스를 사냥했다.

미노스는 그리스 신화에 나오는 괴수 미노타우로스의 묘사와 흡사한 몬스터로, 신화에는 쇠로 된 도끼를 무기로 사용하지만, 미노스는 그러한 무기가 아닌 맨손이거나 주변에

서식하는 나무를 꺾어 만든 몽둥이를 사용한다는 것이 달랐다.

그렇게 비슷한 값어치의 조금 더 안전한 몬스터가 있기에 헌터들은 굳이 위험을 찾아 어렵고 힘든 상대를 사냥하지 않으려 했다.

그런데 언체인 길드의 헌터들은 몬스터 사냥도 사냥이지만, 최대한 빠르게 실력을 키우는 것이 목적이기에 재식은 길드원들을 데리고 강한 몬스터를 상대하게 만들었다.

물론 위험해지려는 기미가 보이면, 재식이 직접 나서서 도움을 주기에 언체인 길드의 헌터들은 마음껏 실력 발휘를 할 수 있었다.

그러한 훈련이 있어 언체인 길드 소속 헌터들은 빠르게 강해질 수 있던 것이다.

하지만 이러한 사정을 모르는 사람들은 재식과 언체인 길드의 헌터를 신비하게 생각하기 시작했다.

그러는 한편, 또 부럽다는 감정도 스멀스멀 피어올랐다.

*   *   *

한편, 이들과 얼마 떨어지지 않는 모텔의 한 객실에서 또 다른 무리가 한창 봉래호 레이드가 진행되는 것을 시청하고 있었다.

쾅!

그워억!

"음……."

텔레비전 지켜보던 최충식은 화면의 한 지점을 노려보며 낮은 신음을 흘렸다.

그 신음을 들은 것인지 함께 텔레비전을 보고 있던 백장미가 살짝 고개를 돌려 최충식을 바라보았다.

자신을 누군가 쳐다보는 듯한 느낌에 최충식도 시선이 느껴지는 곳으로 고개를 돌리다가 둘은 눈이 마주쳤다.

"왜?"

"아냐."

그의 질문에 백장미는 별거 아니란 듯 대답을 하고는 다시 고개를 돌려 텔레비전을 보았다.

그런 백장미의 이상한 반응에 최충식은 자신도 모르게 미간을 찌푸렸다.

'또 병이 도진 건가?'

백장미에게는 좋지 못한 버릇이 하나 있었다.

그것은 바로 약혼자인 자신이 버젓이 있음에도 불구하고, 괜찮은 남자가 보인다 싶으면 관심을 보이며 자신과 비교를 한다는 것이었다.

그것이 이성으로 보는 것인지, 아니면 차기 성신 길드의 길드장을 노리고 있는 그녀의 인재 욕심인지는 알 수 없지만, 최충식의 입장에선 그게 그리 기분 좋은 일은 아니었다.

그 때문에 자신이 나서 망쳐 버린 인재가 한둘이 아니다.

사실 그와 악연이 있는 재식도 백장미가 관심을 보이지만 않았으면, 그렇게까지 되지는 않을 것이었다.

생각보다 유능하고 재능이 있던 재식을 백장미가 관심을 보여 성신 길드로 영입하였다.

자신의 원래 계획대로라면, 헌터 협회의 의뢰가 끝나자마자 그냥 헤어질 생각이었다.

학창 시절, 치기 어린 장난으로 재식을 괴롭힌 것에 대한 보상으로 약간의 금전적 도움을 주는 것으로 마무리하려 했다. 물론 그 이면에는 오랜만에 만난 재식에게 서로의 위치를 확인해 주려는 의미도 있었지만, 어쨌거나 백장미의 변덕으로 그러한 최충식의 계획은 무산되었다.

한 번 그렇게 자신의 뜻이 어그러지자 최충식은 백장미에 대한 원망과 불쾌감이 일었다.

하지만 그러한 감정들을 백장미에게 쏟아 낼 수는 없었다.

그녀의 배경은 너무나도 막강했고, 자신은 그것을 넘을 수 없다는 것을 누구보다 잘 알고 있기 때문이었다.

그러다 보니 최충식의 화는 백장미가 관심을 보이는 재식에게로 돌아가게 되었고, 그의 부탁을 받은 그의 아버지는 재식을 생체 실험하는 곳으로 보내 버렸다.

거기까지는 나름대로 좋았다.

최충식의 바람대로 재식은 몬스터의 유전자를 시술을 받고, 그 부작용으로 헌터로서는 치명적인 결함을 갖게 되었다.

길드장인 백강현이나 백장미도 자신 때문에 재식이 그렇게 된 사실을 알고 있었다.

하지만 변한 것은 아무것도 없었다.

그저 재능이 있을 것으로 보이던 헌터 하나가 시술 부작용으로 길드에 적응하지 못하고 퇴출된 것 이상도 이하도 아니었다.

그렇다고 자신의 행동에 죄책감이 들지도 않았다.

아니, 자신의 앞길을 막으려는 걸림돌을 치운 것 같아 속이 다 시원했다.

그리고 그렇게 재식을 잊었다.

그도 그럴 것이, 그가 속한 성신 길드는 그 뒤로 많은 일이 있었다.

대형 길드들의 견제로 정체가 되던 길드는 일본에 나타난 재앙급 보스 몬스터 야마타노 오로치 퇴치에 총력을 기울여야만 했다.

최충식의 팀 비스트도 당시 일본까지 가기는 했지만, 너무나 위험하기에 참가는 하지 않았다.

그래도 역사적인 자리에 함께한다는 것만으로도 자부심을 가졌다.

그렇게 일본에서 승승장구하던 최충식은 2년 만에 한국으로 돌아왔다.

방송국 카메라를 동반해 자신의 성공을 알리기 위해 헌터 협회를 찾았다.

그러나 그곳에서 잊고 있던 악연을 다시 보게 되었다.

유전자 시술 부작용으로 나락으로 떨어져 있을 것으로 생각한 재식이 너무나 뜻밖의 모습으로 그의 눈앞에 나타났다.

헌터로서 치명적인 약점을 가졌으면서도 재식은 태연한 모습으로, 아니, 자신이 보기엔 자신감이 가득 차 있는 모습이었다.

더욱이 재식을 기죽이기 위해 발산한 살기를 너무나 쉽게 해소한 것은 물론이고, 오히려 자신을 압박해 왔다.

당시 재식에게서 느껴지는 기세는 정말로 깜짝 놀랄 만큼 흥흥했다.

자칫 많은 사람들 앞에서 실수를 할 뻔하기까지 하였다.

하지만 무엇보다 화가 나는 것은 또다시 백장미가 재식에게 관심을 보였다는 것이다.

한 번 처리한 일이 반복되려고 하자 최충식은 화가 났고, 이를 그냥 묵과할 수 없다는 판단을 내렸다.

그런데 자신이 2년 동안 성장한 것 이상으로 재식은 부작용을 극복하고, 엄청나게 성장해 있었다.

다시는 자신에게 기어오르지 못하게 만들기 위해 재식에 대해 알아봤는데, 예전과는 전혀 다른 존재가 되어 있던 것이다.

여러 행운과 위기를 넘기면서 재식은 이제 자신이 넘보지 못할 정도로 엄청난 존재가 되어 버렸다.

그것만으로도 화가 날 판인데, 그날 본 재식의 옆에 있던 여자는 자신의 약혼녀인 백장미에 견줘도 전혀 떨어지지 않을 정도로 미인이었다.

그러한 미녀가 자신보다 못하다 생각한 재식의 옆자리에 있는 것을 보니 더욱 화가 났다.

그런데 배경을 보면 재식의 옆에 있는 최수연보다 백장미가 훨씬 좋았다.

아직 대한민국에서 손에 꼽을 정도는 아니지만 성신 제약 그룹의 오너를 할아버지로 둔 재벌가 사람이고, 아버지는 대한민국 길드 랭킹 2위의 성신 길드의 길드장이었다.

그리고 본인도 6등급 후반에 달하는 레벨의 헌터인 백

장미에 비해 최수연에게는 배경이라고 할 만한 것이 없었다.

그저 그녀의 직장이 헌터 협회이고, 또 본인이 그곳 헌터 협회의 직할팀인 팀 유니콘의 전대장 중 하나라는 사실과 각성 헌터라는 것뿐이었다.

이렇게 백장미와 최수연을 비교하면 확실히 백장미의 조건이 훨씬 좋다는 것을 알 수 있었다.

그럼에도 최충식은 자신이 하찮게 보는 재식과 최수연이 함께, 그것도 마치 행복하다는 듯 웃으며 서로를 쳐다보는 것이 부러운 한편, 질투까지 날 지경이었다.

그래서 또 다른 복수를 다짐했는데, 재식에 대해 알면 알수록 최충식은 절망을 할 수밖에 없었다.

불과 얼마 전까지만 해도 벌레보다 못한 존재이던 재식은 이제는 자신이 쳐다보는 것도 어려울 정도로 높은 곳에 올라가 있었다.

자신이 두려워하는 존재인 백장미의 아버지 백강현과 같은 선상에 놓인 사람이 되어 버린 것이었다.

그리고 지금 텔레비전 화면 속에 보이는 재식의 모습은 얼마 전 헌터 협회 로비에서 마주한 사람이 아니라, 정말로 괴물이란 이명을 가진 백강현에 뒤지지 않는 무시무시한 모습을 보여 주고 있었다.

그런데 최충식을 더욱 절망에 빠지게 만드는 것은 하나

더 있었다.

바로 백강현이 일본에서 물리친 거대한 몬스터 야마타노 오로치를 상대하던 모습과 지금 텔레비전 속에서 재식이 최상급 물의 정령인 슈마리온을 상대하는 모습이 비슷하게 보인다는 것이었다.

분명 그들이 상대하는 몬스터는 달랐고, 또 싸우는 모습조차 전혀 닮지 않았다.

백강현은 빠른 스피드로 치고 빠지면서 야마타노 오로치의 몸에 깊은 상처를 입혔다.

반대로 재식은 최상급 정령인 슈마리온의 공격에 땅을 일으켜 세우고, 뒤에 있는 헌터들을 보호하면서 싸우는 모습이었다.

그 자체의 모습조차 거대하고 괴상한 모습이었고 말이다.

그럼에도 최충식은 재식의 모습에서 백강현의 모습을 보았다.

텔레비전 화면임에도 불구하고, 재식은 압도적인 모습으로 수십의 헌터들을 지키고 선도했다.

그러면서도 최상급 정령인 슈마리온에게 다른 어떤 헌터보다도 치명적인 공격을 가하고 있었다.

이러한 모습에서 최충식은 자신의 벽을 느꼈다.

*　　　　*　　　　*

헌터들은 최상급 정령을 상대하면서 이상함을 느꼈다.

한 번도 보지 못한 탓에 정령이 정확하게 무엇인지는 알 수 없었지만, 레이드를 하다 보니 참으로 특이한 몬스터라 느꼈다.

그럴 수밖에 없는 것이, 정령이 자신들의 공격에 대미지를 입어 분노의 포효를 내뱉을 때마다 그 크기가 조금씩이지만 작아지고 있었기 때문이다.

크아아아아—

최상급 물의 정령 슈마리온은 지금까지와는 다른 로어를 터뜨렸다.

헌터들의 공격을 받을 때면 괴로움이 묻어나는 신음과도 같은 괴성을 질렀는데, 방금 전 내지른 소리는 분노와 광기에 뒤덮인 소리였다.

슈마리온이 터뜨린 로어에 섞인 살기로 인해 막 공격을 하려던 헌터들이 움찔하였다.

"윽!"

"뭐야!"

헌터들은 보통 이런 정신 공격에 어느 정도 대비를 해 놓았다.

특히 6등급 보스 이상의 재앙급 몬스터는 레이드 도중 로어를 자주 터트렸었다.

그리고 지금 이 자리에 있는 헌터들은 모두 그러한 경험이 많은 베테랑들이었다.

하지만 봉래호에 나타난 슈마리온은 예상과는 달리 그리 어렵지 않았다.

물론 재식의 도움이 크게 작용했지만, 어쨌든 너무나 순조롭게 흘러가는 레이드로 인해 잠시 방심을 하고 있었다.

그러다 보니 아주 잠시지만 헌터들의 공격에 틈이 생겼고, 수세에 몰리던 슈마리온에게는 절호의 찬스가 찾아온 것이었다.

구워어ㅡ

콰아아앙!

찰나의 틈을 이용한 슈마리온은 입가에 마력을 집중하여 워터 브레스를 시전했다.

지금까지는 헌터들이 유기적으로 움직이는 바람에 별다른 효과를 얻지 못했지만, 방금은 헌터들이 모두 자신의 로어에 공격할 시간을 빼앗긴 상태였다.

그렇게 몸이 굳은 틈을 타 브레스를 내뿜었기 때문에 이번 공격은 확실하게 헌터들을 줄여줄 것이라 믿었다.

쾅!

그렇지만 슈마리온의, 아니, 그의 정신을 구속하고 있는 메드니스의 생각은 완전히 빗나가 버렸다.

다른 모든 헌터들이 슈마리온이 터뜨린 로어에 당해 몸이 굳어 있는 것에 반해 가장 선두에서 있던 재식은 그렇지 않았다.

솔직히 재식은 시간이 흐르면서 점점 크기가 줄어 가고 있는 슈마리온을 보며 자신감이 불어나는 중이었다.

그리고 이제는 다른 헌터들의 도움이 없더라도 혼자서 싸워 볼 만하다는 느낌마저 들었다.

'음, 이젠 혼자서도 할 수 있을 것 같은데.'

물론 자만심으로 한 생각은 아니었다.

뒤에 있는 헌터들이 슈마리온의 로어에 당해 꼼짝하지 못하고 있는 것을 보며, 재식은 지금까지와 다르게 방어적으로 움직이는 것이 아닌 본격적인 전투에 들어가기로 결정하였다.

아무래도 같이 있는 헌터들의 안전을 생각하느라 대부분 방어 마법을 사용하다 보니, 자신의 평소 전투 스타일과 달라 효율이 좋지 못했다.

그런데 다른 헌터들이 모두 몸이 굳어 버렸으니, 차라리 자신이 공격적으로 나서 뒤의 일행에게 부담을 최소화 하는 것이 낫다는 판단이 든 것이었다.

마침 슈마리온이 자신의 뒤쪽으로 워터 브레스를 쏘려는 모습이 보였고, 재식은 본능적으로 저 위에 떠 있는 슈마리온의 머리를 향해 주먹을 날렸다.

"매직 스트라이커!"

오른손에 마력을 담아 주먹을 뻗으며 마법 영창을 하였다.

그러자 재식이 내지른 주먹에서 커다란 주먹 같은 환영이 떠오르더니, 워터 브레스를 토해 내려는 슈마리온의 턱에 작렬했다.

쾅!

크억!

느닷없는 공격에 슈마리온의 머리가 위로 들렸다.

그 탓에 야심차게 준비한 워터 브레스는 아직까지 무방비로 있는 헌터들의 머리 위로 지나가 버렸다.

"헛!"

"살았다."

헌터들은 자신들의 머리 위로 지나간 슈마리온의 워터 브레스를 보고는 안도의 한숨을 쉬었다.

그런데 그런 헌터들 사이에서 경악에 가까운 소리를 내는 이들이 있었다.

"어?!"

"와, 씨!"

"뭔데?"

갑자기 감탄성을 지르는 이들을 보며, 아직 어떤 상황인지 인지하지 못한 헌터들이 물었다.

"저길 봐 봐!"

"뭘 보라는……."

동료의 말에 막 고개를 돌린 헌터들이 순간 할 말을 잃고 멍하니 서 있었다.

지금까지 선두에 서서 정령의 공격을 막아 내던 재식이 더 이상 방어만 하지 않고, 직접 몸을 날려 공격을 하고 있었기 때문이다.

더욱이 그 공격을 맞은 정령은 괴로워하며 조금씩이지만 확실하게 밀리고 있었다.

그러한 모습을 보게 된 헌터들은 어처구니가 없었다.

쾅! 쾅!

구월!

재식과 슈마리온은 서로를 향해 공격을 했다.

상대적으로 작은 재식의 공격은 커다란 슈마리온의 몸통 혹은 턱에 모두 정타를 먹일 수 있었다.

그러나 그 반대의 상황에서는 오히려 재식의 몸이 작기 때문에 슈마리온의 공격을 요리조리 모두 다 피하고 있었다.

그러면서도 혹시나 자신이 회피한 슈마리온의 공격이 헌터들에게 날아갈 것 같으면, 마법을 써서 그것을 상쇄하였다.

그러다 보니 슈마리온은 계속해서 수세에 몰릴 수밖에

없었다.

— 어떻게 된 것이지?

슈마리온의 정신에 기생하고 있는 광기의 정령 메드니스는 지금 자신이 보고 있는 것을 믿을 수가 없었다.

눈앞의 벌레는 다른 작은 벌레와는 질적으로 달랐다.

지금은 물의 최상급 정령인 슈마리온의 정신을 거의 잠식하고 있는 상태였다. 그러다 보니 전투를 벌이기 전보다 앞에 있는 재식을 보다 확실하게 느낄 수 있었고, 메드니스는 그가 자신에 비해 결코 약하지 않다는 것을 느끼게 된 것이었다.

— 어떻게 인간이 이렇게 강할 수 있는 거지?

메드니스는 당황하는 한편, 벌레라 느낀 이세계 인간의 강함에 어이가 없었다.

터무니없이 강한 재식의 모습에 어떻게 하면 이 상황을 벗어나고, 역전시킬 수 있을지 궁리했다.

하나 아무리 궁리해도 이 상황을 벗어날 수 있는 방법이 떠오르지 않았다.

아니, 방법은 있었다.

그것은 생각하면 너무나 간단한 것이었다.

정신계 정령이 가지는 특성을 이용하면, 너무나 쉽게 상황을 피할 수 있고, 어쩌면 지금보다 더 큰 반전을 일으킬 수도 있었다.

하지만 메드니스는 그러한 방법을 사용할 수가 없었다.

최후에는 어떻게 될지 모르겠지만, 현재로서는 대마왕 번이 내린 명령을 가장 우선시하기 때문이었다.

대마왕 번은 엘리오스의 명령을 받은 슈마리온이 이계로 넘어가 정령들의 적응을 돕기 위한 물건을 심을 것이라 했다.

그리고 자신의 임무는 그 물건을 오염시키는 것이었다.

그를 위해 대마왕 번으로부터 직접 마기를 받았다.

만약 이것이 성공한다면, 이계로 넘어가는 마계의 존재들은 더욱 큰 힘을 발휘할 수 있을 것이었다.

또 정령왕 엘리오스가 슈마리온에게 준 물건이 대마왕의 마기에 오염이 되어 이계에 자리를 잡을 수만 있다면, 대마왕 번까지도 이계로 넘어올 수 있을 것으로 짐작되었다.

그러면 마계의 존재들은 지금보다 훨씬 더 강해지고, 또 대마왕이 넘어오는 순간부터 이계의 모든 것은 마계에 소속될 것이었다.

물론 다른 초월자들이 이러한 마계의 계획을 알게 된다면 이를 필사적으로 막으려 할 것이지만, 현재 이러한 생각을 하는 것은 솔직히 대마왕 번만이 아니었다.

사실 정령왕 엘리오스는 이계의 신과의 계약을 지키기 위해 본인의 힘이 아닌, 정령계를 유지할 수 있는 성령수의 씨앗을 이계로 옮기려 시도한 것이었다.

우렐리우스에게는 흑심을 품는 것처럼 말했지만, 기본적으로 정령왕은 세상의 근본이기에 자신의 세력만이 아닌 전 세상을 아우르는 이타심이 있었다.

물론 그러는 한편, 정령계도 살릴 수 있는 방법을 찾은 것이긴 하지만 말이다.

어쨌든 중간계를 지배하는 흑룡왕 앙칼리우로스나 신이 떠난 천계를 유지하는 천족의 왕 우렐리우스조차도 자신들의 종족을 이계에 정착시키기 위해 음모를 꾸미고 있었다.

그렇기 때문에 현재 밀리고 있다고 해서 슈마리온의 정신 지배를 포기하고 다른 숙주를 취할 수가 없었다.

여기서 다른 숙주를 지배하다가 슈마리온이 도망쳐 씨앗을 심는다면, 그야말로 죽 쒀서 개 준 꼴이었다.

이 때문에 메드니스는 고민하였다.

쾅, 쾅!

대마왕의 명령을 완수하기 위해 계속해서 슈마리온의 몸속에서 그의 정신을 지배하기 위해 남아 있을지, 아니면 본인의 생존을 위해 임무를 포기하고 다른 숙주를 찾을 것인지를 말이다.

메드니스는 그렇게 한참을 고민하고 있었지만, 재식은 그러한 상황을 알지 못하기에 계속해서 슈마리온의 몸에 공격을 가했다.

'제길, 쉽게 쓰러지지 않네.'

하지만 어느 순간부터 슈마리온의 크기는 더 이상 작아지지 않기 시작했다.

그리고 또 괴로워하던 신음도 들리지 않았다.

다만, 광기에 물든 검붉은 눈동자가 조금 흐려지며, 그 가운데 작은 푸른 점이 점차 커지고 있었다.

[인.간……]

'뭐야?'

재식은 갑자기 자신의 머릿속에 울리는 소리에 당황하였다.

귀를 통한 소리가 아닌 말 그대로 뇌로 바로 연결이 된 듯한 소리였다.

그 때문에 재식은 순간 깜짝 놀라 공격의 리듬이 깨지며, 슈마리온의 공격을 허용하고 말았다.

쾅!

"윽!"

머릿속을 울리는 소리에 잠시 정신이 팔린 사이 날아든 슈마리온의 꼬리 공격에 맞아 버렸다.

쾅!

탕, 탕!

슈마리온의 꼬리 공격은 상당히 강했지만, 다행히 재식은 온몸의 마력을 돌리며 변신을 한 상태기에 소리만 요란하지, 생각보다 큰 피해를 입지는 않았다.

변신한 재식의 육체는 어스 드레이크의 가죽에 버금갈 정도로 질기고 단단하기 때문이었다.

"재식아! 괜찮아?"

슈마리온의 꼬리에 맞아 날아간 재식의 뒤로 최수연의 목소리가 들렸다.

"괜찮아."

재식은 대답을 하고는 다시 슈마리온을 향해 달렸다.

"날 방심하게 만들고 기습하다니……."

재식은 자신의 머릿속에 울리는 소리가 슈마리온이 건 정신 공격이라 생각하고, 소리치며 그에게로 향했다.

[인. 간! 내. 말. 을. 들. 어. 다. 오!]

광기의 정령 메드니스에게 정신이 속박된 상태다 보니, 슈마리온이 전하는 말은 뚝뚝 끊어져 집중을 하지 않으면 잘 알아들을 수가 없을 정도였다.

하지만 자신이 무조건 해야만 하는 임무가 있기에 슈마리온은 마지막 힘을 짜내 재식에게 말을 걸었다.

— 뭐야? 아직도 반항을 하는 거냐? 슈마리온, 그만 포기하라니까?

슈마리온의 목소리가 들리고, 곧 또 다른 목소리가 재식의 뇌리에 울렸다.

'이건 또 뭐야?'

재식은 또 다른 존재의 목소리가 자신의 머릿속에서 울리자 깜짝 놀랐다.

[메드니스, 너 또한 정령일진데, 어떻게 마계의 명령을 듣는 것이지? 너야말로 정신을 차리고 엘리오스님의 명령을 도와라!]

헌터들의 공격으로 슈마리온의 힘이 줄어들면서 정신이 속박되는 위기를 겪었지만, 그것도 계속되다 보니 메드니스 힘조차도 차츰 줄어들게 되어 속박하던 힘도 약해졌다.

그러다 보니 슈마리온이 다시금 정신을 차리게 되었고, 결국 마지막 힘을 짜내어 재식에게 말을 걸 수 있게 된 것이었다.

— 어디 네놈들이 우리 정신계 정령을 제대로 정령 취급이나 해 줬던가?

메드니스는 슈마리온의 말에 화를 내며 소리쳤다.

'뭐야? 이것들 같은 편 아니었어?'

재식은 자신의 머릿속에 울리는 슈마리온과 메드니스의 대화를 통해 둘의 관계를 유추할 수 있었다.

정신계 정령인 메드니스는 어떤 목적에서 물의 최상급 정령 슈마리온의 일을 방해하고 있었다.

물론 그것이 자신들 인간들에게는 결코 좋은 방향은 아니란 것은 대화에서 알 수 있었다.

[대마왕 번의 음모는 결코 성공할 수 없을 것이다. 그것은 이곳 이계의 신과의 약속을 위배하는 것이기 때문이다. 만약 그러한 일이 성공한다고 해도 결국 남은 것은 모두의 파멸뿐. 어째서 그걸 모르는 것이냐!]

슈마리온은 정령왕인 엘리오스에게 임무를 받고 이곳 지구로 넘어오면서 그간의 사정에 대해 어느 정도 이야기를 들었다.

지구의 신과 칸트라 차원의 네 초월자 간의 계약에 대한 이야기를 말이다.

이계의 신은 자신이 관리하는 차원의 생명체들을 각성시키기 위해 이미 소멸의 길로 접어든 칸트라 차원에 손을 내밀었다.

원래라면 이미 각성을 통해 초월자들이 생긴 칸트라 차원은 더욱 발전할 수 있었지만, 모종의 이유로 그곳을 다스리는 신들은 모두 떠나 버렸다.

그 때문에 칸트라 차원은 머지않아 소멸할 것이란 것을 알게 된 네 명의 지배자는 이계의 신이 내민 손을 붙잡았다.

그의 차원이 각성하는 것을 돕는 대신, 초월자들의 권속들이 이계로 넘어가 생을 이어가는 것을 인정받은 것이다.

다만, 지구의 신은 한 가지 조건을 걸었는데, 각 계의 지배자들은 자신이 다스리는 차원에 넘어올 수 없다는 조건이었다.

그도 그럴 것이, 초월자와 이계의 신의 차이는 그리 크지 않았다.

신의 격이 있느냐 없느냐에 따른 차이만 있을 뿐이지, 행사할 수 있는 물리력이나 권능은 대동소이하였다.

그러다 보니 지구의 신도 칸트라 차원의 네 초월자들이 지구로 넘어오는 것을 경계할 수밖에 없었다.

그런데 칸트라 차원의 중간계를 지배하는 흑룡왕이나 마계를 다스리는 대마왕, 그리고 천계의 왕인 우레리우스가 처음 계약과는 다르게 음모를 꾸미고 있었다.

아무리 힘과 권능의 크기가 비슷하다고 해도 신은 신이었다.

아주 작은 차이지만, 그 차원의 주인이 가진 능력은 지구라는 한정된 공간에서만큼은 침략자가 가지는 능력 이상으로 강력했다.

슈마리온은 이러한 이야기를 정령왕 엘리오스에게 들었기에 지금 그것을 광기의 정령인 메드니스에게 들려주는 것이었다.

한편, 두 정령의 이야기를 중간에서 듣고 있는 재식은 멍하니 서 있기만 했다.

'뭐라고? 대격변이 일어나고 많은 사람들이 죽어간 것이

겨우 그딴 이유 때문이란 말이야?'

참으로 어처구니가 없었다.

차원 게이트와 게이트 브레이크가 열리고, 그 안에서 쏟아진 몬스터로 인해 많은 사람들이 죽어 나갔다.

70억에 이르던 인류는 대격변이 일어나고 현재는 그 절반도 안 되는 28억 명 정도밖에 남지 않았다.

그리고 그것도 현재 빠르게 줄어 가고 있었다.

그런데 그러한 모든 것이 신의 음모였다니.

재식은 순간 화가 치솟았다.

'이것들이… 모두 죽여 버리겠다!'

재식은 머릿속을 울리는 두 정령에게 정신을 집중해 소리라도 지르듯 의지를 보냈다.

[인간, 우리 정령들은 자연의 존재다! 결코 너희 인간들을 해치고 싶은 생각은 없다. 그저 우리는 생존만을 원할 뿐이다!]

슈마리온은 재식의 의지를 읽고는 급하게 말을 걸었다.

하지만 광기의 정령인 메드니스는 그와는 반대로 재식의 반응을 기뻐했다.

— 그래, 좋아! 모두 죽여 버리는 거야! 하하하하!

쾅, 쾅!

화가 난 재식의 공격은 조금 전보다 더욱 거칠어졌다.

[크윽! 인간, 제발 내 말을 들어라!]

슈마리온은 계속해서 재식에게 말을 걸었다.

그러면서도 재식의 거친 공격은 빠짐없이 방어했다.

이전에는 메드니스의 정신 지배로 인해 정확한 판단을 내릴 수가 없었지만, 지금은 확실히 느낄 수 있었다.

눈앞의 커다란 인간은 결코 자신에 뒤지지 않는 능력을 가진 존재란 것을 말이다.

7. 메드니스의 소멸

쿠구궁!

휘이잉!

슈마리온은 짙은 검붉은 색으로 더욱 물들어 있었다.

그러면서 몸이 풍선처럼 부풀다가 다시 줄어들기를 무섭게 반복하였다.

그런데 이런 모습이 대기에 영향을 주는 것인지, 마치 천둥이 치듯 허공에서 폭발음이 들리며 그와 동시에 슈마리온을 중심으로 바람이 불어왔다.

크아아아!

그럴 때마다 슈마리온은 고개를 하늘 높이 쳐들고, 고통에 찬 비명을 질렀다.

[인간, 날 공격해라! 으으윽, 이대로는 광기의 정령인 메드니스에게 내 정신이 잠식되고 만다. 어서!]

슈마리온은 조금 전보다 더 강하게 자신의 정신을 잠식하려는 메드니스로 인해 힘겹게 말을 하였다.

재식과 헌터들의 공격으로 잠시 메드니스의 잠식에서 어느 정도 정신을 차리렸다.

하지만 그만큼 본체의 힘을 많이 소비하여 더 이상 메드니스의 정신 잠식에 저항할 힘이 부족했다.

그나마 이렇게 재식에게 이야기를 할 수 있는 것은 자신뿐만이 아니라 메드니스의 힘도 재식과 헌터들의 공격에 줄어들어 가능한 일이었다.

그렇지만 어찌 되었든 현재 힘의 주체는 메드니스가 아닌 자신이었다.

같은 공격을 받더라도 자신의 힘이 더 많이 줄어들 것이 분명했다.

때문에 슈마리온은 비록 정령왕 엘리오스의 명령을 수행할 수 없게 될지라도 정령수의 씨앗을 오염시켜 대마왕의 아바타를 이곳으로 불러들이려는 계획을 성공하게 둘 수 없었다.

정령수의 씨앗이 없다면 차후 이곳으로 넘어온 정령들의 힘이 줄어들기는 하겠지만, 오랜 시간이 흐르면 언젠가는 정령들이 이곳에 적응하고 힘을 회복할 수 있을 것이다.

하나 만약 자신이 씨앗을 빼앗겨 대마왕의 아바타가 넘어오게 된다면, 이곳의 생명체와 정령들, 아니, 마계의 존재들을 제외하고는 모두 소멸할 것이 분명했다.

그러니 비록 이곳이 자신의 고향은 아니지만, 정령들의 생존을 위해서라도 결코 마계의 음모가 성공하게 둘 수는 없었다.

그래서 강한 힘을 가지고 있는 재식에게 부탁을 하는 것이었다.

자신을 소멸시켜 달라고 말이다.

이러한 슈마리온의 뜻을 들은 재식은 잠시 고민을 하였다.

이야기를 들어 보니, 지금 하나의 몸에 두 존재가 존재하고 있었다.

그중에 몸의 주인인 물의 정령이 자신을 소멸시켜 달라하고 있었다.

'광기의 정령이 물의 최상급 정령의 정신을 간섭할 수 있었나?'

문득 떠오르는 생각이 바로 그것이었다.

홉 고블린 차콥의 기억에 따르면, 불가능에 가까운 일이었다.

만약 지금 앞에 있는 정령이 불의 최상급 정령이었다면,

같은 최상급 정령이라도 광기의 정령인 메드니스에 잠식이 될 확률이 있었다.

하지만 치유와 정화의 속성도 가지고 있는 물의 최상급 정령이 정신계 정령인 광기의 정령에게 잠식이 된다는 것은 참으로 이상했다.

파괴와 소멸을 담당하는 불의 정령이라면 그 특성상 가능성이 있었지만, 치유와 정화를 담당하는 정령이 잠식당한다는 것은 뭔가 다른 존재의 힘이 개입되었을 공산이 컸다.

이런 생각이 든 재식은 빠르게 판단을 내렸다.

"대지 속성의 헌터와 바람 속성 헌터는 대기하고, 물과 전기 속성 헌터들은 모두 공격!"

재식은 지금까지 공대의 일원으로 제 할 일만 하던 것과는 다르게 이번에는 뒤에 있는 헌터들에게 직접 지시를 내렸다.

이에 헌터들은 잠시 우왕좌왕하며 봉래호 레이드의 총괄 지휘관인 장선웅에게 시선을 던졌다.

그런 헌터들의 눈빛에 장선웅은 잠시 미간을 찌푸렸다.

하나 지금까지 레이드를 하는 과정을 보면서 재식이 무언가 알아낸 것이 있다는 것을 직감적으로 느꼈다.

"모두 정재식 헌터의 지시를 따라!"

장선웅은 다년간 현장을 경험하다 보니, 육감 혹은 촉이라 불리는 것을 느낄 수 있었다.

몬스터를 사냥한다는 것은 무척이나 변수가 많은 일이었다.

특히나 재해급 이상의 몬스터를 레이드할 때는 더욱 그러했다.

해외 파견을 다니면서 육감이나 촉을 무시하고 매뉴얼대로 했다가 낭패를 볼 때도 있었고, 반대로 느껴지는 대로 했다가 도리어 좋은 결과를 낼 때도 있었다.

그 뒤로 장선웅은 몬스터 레이드를 할 때 꼭 매뉴얼에 얽매여 고집을 부리지 않게 되었다.

그리고 지금도 그의 촉에는 재식에게 무언가 방법이 있으니, 그냥 따라 하라는 느낌이 강하게 왔다.

그래서 뒤도 보지 않고 헌터들에게 그렇게 소리친 것이었다.

"하압!"

촤아아아!

파지직—

지휘자인 장선웅의 외침에 헌터들은 조금 전 재식이 지명한 대로 물 속성을 각성한 헌터와 번개 속성을 각성한 헌터들이 슈마리온에게 강력한 공격을 날렸다.

꽈과과!

파직, 파지직—

물넝어리와 번개 조각들이 몸부림치고 있는 슈마리온의

몸통에 명중하였다.

크아아아아!

그러자 공격을 받은 슈마리온은 조금 전보다 더 고통에
찬 비명을 지르며 몸부림 쳤다.

이를 본 재식은 곧바로 다음 지시를 내렸다.

"치유와 정화를 각성한 헌터들은 모두 저것의 머리를 집
중해 속성 공격을 해!"

재식이 헌터들의 뒤쪽에 위치한 힐러들에게 지시를 내렸
다.

조금 전 물과 번개 속성 헌터들에게 한 지시와는 다르게,
정확하게 어떤 부위에 속성 공격을 하라고까지 자세하게 지
시를 내린 것이었다.

하지만 방금 재식의 지시를 받은 치유계 헌터들은 순간
당황했다.

치유와 정화 속성을 각성한 힐러들은 지금까지 어둠 속성
을 가진 몬스터 외에는 직접적으로 몬스터를 공격해 본 적
이 없었기 때문이다.

더욱이 재식의 지시대로 하려면, 이들은 헌터들의 전면으
로 나와야만 했다.

힐러들은 다른 속성을 각성한 헌터들에 비해 스킬 사거리
가 너무나 짧았기 때문에 앞줄에 있는 대지 속성 헌터들의
바로 뒤까지 접근을 해야만 했다.

이 때문에 힐러들은 선뜻 재식의 지시대로 움직이지 않았다.

"어서!"

그런데 이런 힐러들의 상황을 아는지 모르는지, 재식은 힐러들을 독촉했다.

"이얍!"

가장 먼저 재식의 지시대로 슈마리온에게 공격한 것은 역시나 신초롱이었다.

처음 재식과 인연을 맺고 같이 어울리며, 그가 결코 허튼소리를 하지 않는 사람임을 알고 있는 신초롱이었다.

그렇기에 그 누구보다도 빠르게 앞으로 나와 슈마리온의 머리에 자신이 가진 신성력을 내뿜었다.

그녀가 비록 팀 유니콘 전대 중 가장 후순위인 제5전대 소속이기는 하지만 정화와 치유력에 있어서만큼은 대한민국 최고의 능력자였다.

치유와 정화의 능력만 놓고 본다면 유럽에서 성녀로 추앙받는 마리아 보첼리에 버금갈 정도로 뛰어난 능력을 가지고 있었다.

이 때문에 한때 로마 교황청에서 그녀를 데려가려 하였지만, 한국에 남겠다는 그녀의 선택으로 인해 헌터 협회에서는 특별 보호 조치가 내려져 있었다.

이는 신초롱의 능력이 단순 치유와 정화뿐만 아니라 악마

종들에게 치명적인 신성력을 가지고 있기 때문이었다.

그리고 이것이 바로 유럽의 성녀와 신초롱이 다른 점이다.

마리아 보첼리가 정화보단 치유에 더 치중한 것에 비해서 신초롱의 능력은 치유와 정화 그 어느 것에도 치우치지 않았다.

그렇게 두 가지 능력이 균등하면, 신성력은 보다 강한 힘을 발휘하고 효율적으로 사용할 수 있었다.

또한 신성력이 강화되면 부정한 존재들인 악마종이나 유령과 같은 비물리적인 몬스터와 일명 언데드라 칭하는 몬스터들에게는 그 어떤 헌터들보다 더욱 강한 면모를 보일 수 있었다.

이처럼 공격적인 측면에서 강한 힘을 갖고 있기에 신초롱이 특별한 것이었다.

다만, 평상시에는 그저 조금 더 뛰어난 치유 능력을 가진 헌터라는 것이 조금 문제이긴 하지만 말이다.

그런데 지금은 상황이 달랐다.

신초롱의 신성력이 제대로 힘을 발휘하고 있기 때문이었다.

광기의 정령 메드니스에게 정신이 잠식되고 있는 슈마리온은 원래라면 있을 수 없는 일이었다.

하지만 지금 봉래호에는 그러한 일이 벌어지고 있는데,

그 이유는 바로 광기의 정령 메드니스가 마계의 지배자인 대마왕의 능력을 일부 받아 가능한 것이었다.

그렇게 대마왕의 능력을 받아 물의 최상급 정령의 정신에 간섭을 할 수 있게 되었지만, 이번에는 그게 문제가 되었다.

바로 강력한 신성력을 지닌 신초롱의 능력이 작용했기 때문이다.

끄아아악!

신초롱의 속성 공격을 받은 슈마리온이 커다란 비명을 지르며 몸을 뒤틀었다.

그런데 웃긴 것은 비명을 지르는 슈마리온의 목소리가 재식의 귀에는 무척이나 안정적으로 들리는 반면, 그의 정신에 간섭하고 있던 메드니스의 소리는 점점 힘을 잃어 간다는 것이었다.

[아니, 인간이 신성력을 사용한다는 말인가…….]

— 크아악! 신성력이라니!

슈마리온과 메드니스는 깜짝 놀랐다.

신초롱의 금빛 찬란한 공격에서 슈마리온은 태초에 자신이 태어날 때 느낀 신성함에 깜짝 놀랐다.

반대로 메드니스는 대마왕으로부터 받은 마기 때문에 극심한 고통을 느꼈고, 그와 함께 인간이 가질 수 없는 권능인 신성력을 사용한다는 것에 깜짝 놀라고 있었다.

처음 재식을 상대할 때 메드니스와 슈마리온은 눈앞에서 자신을 막고 있는 인간의 힘 때문에 더 이상 놀라 것이 없을 줄 알았다.

재식에게서 느껴지는 기운은 결코 인간이 포용할 수 없는 힘이기 때문이었다.

거친 기세로 무엇이든 먹어 치울 것만 같은 몬스터의 기운, 아니, 그것은 마계의 마수들이 가지고 있는 흉포함에 더욱 가까운 힘이었다.

거기에 마족들이나 사용하는 흑마력까지 가지고 있는 것이 이상하면서도 놀라웠다.

그런데 거기에 더해 재식에게서는 용족의 기운도 느껴져 참으로 미스터리한 존재로 인식되었다.

이 때문에 슈마리온은 최후에 정령수의 씨앗을 지키지 못하게 된다면 재식에게 자신의 소멸을 부탁하려고 하였다.

하지만 지금은 그런 놀람도 잊혀질 만큼 엄청난 충격에 휩싸였다.

신성력이라니, 이것은 신들만이 가지는 권능이라 알려진 힘이다.

마족과는 반대편에 서서 신의 사도라 자칭하던 천족들도 가지지 못한 능력이 바로 신성력이었다.

마족과 천족이 가진 힘보다 더 상위에 있는 권능이 바로 신성력인 것이었다.

만약 마족이나 천족 중 이러한 신성력을 각성한 자가 있다면 그 존재는 바로 신의 반열에 올라갈 것이라 전해지며, 칸트라 차원에서 그런 존재가 종종 나왔다는 소문이 떠돌고 있었다.

물론 그것이 진실인지는 아직 밝혀지지 않았지만, 마족이나 천족의 오랜 전설에는 그렇게 전해지고 있었다.

대마왕 번이 정령수의 씨앗을 노리는 것도 사실 이 때문이다.

신이 떠나 버린 칸트라 차원에서는 더 이상 신성력이 남아 있지 않았다.

하지만 이곳 이계에는 아직 신이 있었다.

그러니 이곳 차원으로 넘어와 이계의 신이 가지고 있는 신성력을 깨우치거나 빼앗는다면, 충분히 자신도 마신이 될 수 있을 것이라 생각하기에 꾸민 일이었다.

다만, 이러한 자세한 사정을 모르는 슈마리온이나 메드니스는 그저 대마왕이 이곳으로 아바타를 넘기기 위해 그런 음모를 꾸민 거라고 생각할 뿐이었다.

어쨌거나 신초롱이 가진 신성력으로 인해 물의 최상급 정령 슈마리온은 자신이 가진 정화의 능력이 증폭됨과 동시에 치유와 정화의 능력뿐만 아니라 생명의 힘까지 폭발적으로 증가하는 걸 느꼈다.

반내로 광기의 징령 메드니스는 자신이 지니고 있던 힘

중 일부가 사라지는 상실감과 함께 엄청난 고통이 밀려들었다.

— 크아악!

그러한 고통과 상실감은 그리 단순하게 끝나지 않았다.

— 아, 안 돼. 안 된다!

메드니스는 자신이 잠식하고 있던 슈마리온에게서 강한 반발력을 느꼈다.

그러면서 자신의 정신이 어디론가 밀려나는 느낌 또한 받았다.

[안 되긴! 내 정신 속에서 그만 꺼져라! 메드니스!]

조금 전까지 다 죽어가던 슈마리온은 없었다.

모든 것을 포기하고 재식에게 자신을 소멸시켜 달라고 하던 슈마리온은 오간데 없고, 그의 목소리에는 최상급 물의 정령이 가진 본래의 힘이 물씬 풍겼다.

그러자 이상한 현상이 벌어지기 시작하였다.

한참 허공에서 몸부림치던 슈마리온의 몸이 푸른빛에 휩싸이더니, 갑자기 번쩍 하며 폭발하였다.

펑—

물리적인 충격이나 실질적으로 큰 소리가 난 것은 아니었다.

하지만 이를 지켜보던 헌터들은 순간적으로 머릿속에 그러한 소리가 들리는 것만 같았다.

"어어!"

"모두 뒤로 물러나!"

갑작스러운 이상 현상에 뒤에서 이를 지켜보던 장선웅은 급히 헌터들에게 후퇴 명령을 내렸다.

그럴 수밖에 없는 것이, 기존에 있던 정령 한 마리가 느닷없이 푸른 빛깔의 정령과 검붉은 색의 정령, 이렇게 두 마리로 나뉘었기 때문이다.

그런데 둘로 나뉜 몬스터는 그 생김새가 똑같았지만, 전혀 다르게 느껴졌다.

푸른빛을 띠고 있는 정령은 지금까지 이들이 상대한 그 어떤 몬스터보다 더 큰 위압감이 느껴지기는 했지만, 자신들을 보면서도 적대적이거나 위협적인 느낌을 주지는 않았다.

그에 반해 짙은 검붉은 색을 띠고 있는 정령은 보는 것만으로도 피부를 따끔거리게 할 정도의 짙은 살기와 광기를 풍기고 있었다.

'뭐야? 지금 정령이 둘로 갈라진 거야?'

재식은 둘로 나뉜 정령을 보며 심각한 표정을 지었다.

그도 그럴 것이, 헌터들에게 오늘 상대해야 할 적이 물의 정령인 것을 알려 주고, 레이드 방법을 조언했다. 또 세부적으로 헌터들의 역할을 정해 주기까지 했다.

하지만 지금 보니 물의 정령은 온전하지 않았고, 그 내부에 어쩐 일인지 또 다른 정령이 있는 상태였다.

그런데 이제 정령이 둘로 나뉘었으니, 어떻게 상대할 것인지 고민에 빠진 것이다.

'저놈이 광기의 정령이라고 했지.'

재식은 자신이 알고 있는 지식을 총동원해 광기의 정령에 대해 기억해 내려 애썼다.

빠르게 기억을 복기한 재식이 내린 결론은 참으로 상대하기가 까다로운 녀석이라는 것이었다.

현재 이곳에 있는 헌터들 중 광기의 정령에게 대미지를 줄 수 있는 헌터는 몇 없었다.

지금까지 공격을 잘 방어하던 대지 속성의 헌터들은 물론이고, 슈마리온에게 대미지를 주던 바람 속성의 헌터마저 사실상 이제는 도움이 되지 않았다.

그나마 번개 속성의 헌터나 물 속성을 각성한 헌터는 그 속성이 가지고 있는 정화의 능력으로 어느 정도 도움이 되겠지만, 말 그대로 어느 정도일 뿐이었다.

그나마 제대로 된 대미지를 줄 수 있는 건 신성력을 각성한 신초롱과 힐러들이 유일했다.

하지만 힐러들 중에서도 정화 능력을 복합적으로 가진 헌터만이 필요할 뿐이지, 치유 능력만 가지고 있는 자는 도움이 되지 못했다.

이 때문에 재식은 새롭게 전개된 상황을 가지고 작전을

짜야만 했다.

그런데 이때 재식에게 말을 거는 존재가 있었다.

바로 조금 전까지만 해도 치열하게 전투를 벌인 슈마리온이었다.

슈마리온은 메드니스의 정신 간섭에서 벗어나자 곧바로 재식에게 자신의 뜻을 밝혔다.

[인간, 내가 돕겠다.]

자신들을 돕겠다는 슈마리온의 말에 재식은 순간 판단을 유보했다.

'믿어도 될까?'

재식은 잠시 고민을 하다 곧 슈마리온의 제안을 받아들이기로 했다.

홉 고블린 차콥의 기억으로는 정령의 약속은 믿어도 된다 하였다.

또한 여기서 새로운 최상급 정령을 적으로 맞이할 필요가 없다는 것도 한몫했다.

만약 슈마리온이 이후에 배신한다고 해도 그것은 그때 가서 생각할 일이었다. 지금 당장 두 마리의 최상급 정령과 싸우는 것보다는 나을 것이니 말이다.

"좋아! 네가 우리들을 적대하지 않겠다면, 더 이상 너와 척을 지지 않겠다!"

재식은 다른 힌디들도 모두 들리게끔 큰 소리로 말하였다.

[알겠다, 인간. 어차피 나와 같은 존재들은 이득이 아닌, 균형을 위해 존재한다.]

슈마리온도 재식이 무엇 때문에 직접 입으로 대답을 한 것인지를 깨닫고, 자신의 아래에 있는 헌터들이 들을 수 있게 소리를 냈다.

— 이런 멍청한 놈! 인간들을 그리도 모르나? 칸트라 인들이 얼마나 자연을 망가뜨렸는지 기억나지 않나 보군.

[그래서?]

— 뭐?

슈마리온의 무성의한 대답에 메드니스가 어이없어 하며 되물었다.

[그래서 어쩌라는 거냐? 그럼 네가 붙은 대마왕은 자연을 존중하며, 조화를 중시하기라도 한단 말이냐?]

— 이익!

[인간, 서로의 믿음이 쌓이기까지는 시간이 걸리겠지. 하나 저들 마계의 계획이 실현된다면, 이곳 지구마저 망가지고 말 것이다. 그러니 내가 먼저 공격하겠다. 마음이 확고해지면 나를 도와라.]

고오오오오—

그 말을 끝으로 슈마리온은 기운을 끌어 올렸다.

마주 서서 노려보고 있는 메드니스도 전투를 준비했다.

두 정령의 기운이 맞부딪치며 공기가 요동쳤는데, 어찌나 강력한지 그것이 눈에 보일 정도였다.

잠시간의 대치 끝에 누가 먼저라 할 것도 없이 서로를 향해 날아들었다.

쾅!

대기가 폭발하고 푸르고 검붉은 빛의 조각들이 사방으로 튀었다.

크아아아—

콰오오오!

물의 최상급 정령과 그에 버금가는 광기의 정령이 서로를 소멸시키기 위한 전투를 시작했다.

이곳 지구는 아직 이들의 고향인 칸트라 차원처럼 정령계가 있지 않았다.

만약 슈마리온이 정령왕 엘리오스에게 받은 정령수의 씨앗을 심었다면.

또 생명의 힘을 불어 넣어 싹을 틔우고 정령수로 자리를 잡았다면, 정령계와 비슷한 환경을 가지기에 죽더라도 소멸은 하지 않았을 것이다.

하나 아직 정령수의 씨앗은 지구에 심어지지 않았고, 슈마리온만이 아는 임의의 공간에 들어가 있는 상태였다.

그러니 지금 전투에서 패하는 순간, 둘 중 하나는 이 자리에서 소멸을 하게 될 것이었다.

물론 그렇다고 해도 영원한 소멸은 아니었나.

최상급 물의 정령은 물이 마르지 않는 이상, 그리고 광기의 정령은 생명체가 존재하는 이상 영원한 소멸은 하지 않는다.

오랜 시간이 흐르고 에너지가 모이면, 다시 탄생을 하게 될 것이었다.

다만, 그러한 조건을 성립시키기 위해선 아주 어렵고 많은 시간이 필요했으며, 또한 탄생을 한다고 해서 지금의 최상급 정령으로서의 정신을 가지고 있지도 않았다.

즉, 똑같은 최상급 물의 정령이라 해도 지금의 슈마리온이 아니고, 또 광기의 정령이라 해도 지금의 메드니스는 아니라는 소리였다.

특히나 이곳 지구는 정령이 존재하지 않는 차원이다.

물이 있고 생명체가 있다고 해도 칸트라 차원처럼 정령이 있지는 않았다.

정령은 사실 신들이 차원을 보다 더 편하게 관리하기 위해 창조한 존재였다.

어떤 신은 천사를, 또 어떤 신은 정령을, 그리고 또 어떤 신은 마족을 자신의 하수인처럼 만들어 칸트라 차원을 관리하였다.

하지만 이곳 지구의 신은 여러 동식물을 창조하였으면서도 다른 하수인을 만들지 않고 혼자서 관리를 해 왔다.

이는 자신이 창조한 생명체들을 진화시키는 데 불필요한

권능의 소비를 막기 위한 조치였다.

하지만 그러함에도 지구의 생명체들은 어느 순간부터 갑자기 진화를 멈췄다.

아니, 어떤 부분에서는 퇴화를 한 것처럼 느껴지기도 했다.

그래서 특단의 조치로 신들이 버리고 간 차원에 손을 내밀게 된 것이었다.

한데 칸트라 차원의 지배자들 중 정령왕을 제외하고선 각자가 딴마음을 품고 있었다.

정령왕 엘리오스는 지구의 신과 약속을 지키는 한편, 생존도 도모하려 했다.

반면, 대마왕 번은 그런 정령왕의 계획을 이용해 신이 되려고 하였다.

그러다 보니 지금 벌어지는 두 정령 간의 전투는 이후 종족 전체의 생존의 길이 막힐 수도 있는 중대한 일이었다.

그렇기에 슈마리온과 메드니스는 필사적으로 상대를 소멸시키기 위해 전투를 벌일 수밖에 없었다. 하지만 두 정령의 전투는 이미 결과가 정해진 것이나 마찬가지였다.

슈마리온과 메드니스의 대화를 재식이 중간에 들었기 때문이다.

뭄의 최상급 정령은 계속해서 재식에게 말을 걸며 자신은 인간에게 절대로 해가 되지 않고 오히려 세상의 균형을 유지하는데 힘을 쏟는 존재라 말을 하였다.

그에 반해 광기의 정령인 메드니스는 계속해서 슈마리온의 정신에 간섭하며 주변을 파괴하도록 유도했다.

그러니 재식의 입장에서 존재 자체가 광기이며 주변의 것을 파괴하는 것에 목적을 둔 메드니스보다 최상급 물의 정령인 슈마리온의 말을 더욱 믿을 수밖에 없었다.

재식은 둘의 전투에 자신도 한 손 거들기로 하고 헌터들에게 소리쳤다.

"저 검붉은 놈을 공격하세요! 저놈이 바로 이번 사태의 원흉입니다!"

큰 소리로 헌터들에게 목표물을 알려 주고 본인도 메드니스를 공격할 방법을 고민했다.

다른 헌터들은 속성이 뚜렷하기에 정확한 공격 방법을 알려 줄 수 있었지만, 정작 본인은 메드니스를 공격하는 것이 쉽지만은 않았다.

그럴 수밖에 없는 것이, 재식의 힘의 기반은 여러 몬스터로부터 얻은 힘이었다.

즉, 물리력이란 소리였는데, 물리력은 어느 한계를 넘어서기 전까지는 정령과 같은 비물질계 존재들에게는 대미지를 줄 수가 없었다.

그렇다고 비물질계 존재들에게 대미지를 줄 수 있는 방법이 아예 없는 것도 아니었다.

그것은 바로 마법의 힘.

마법이라면 충분히 비물질계 존재들에게 대미지를 줄 수 있었지만, 하필 재식이 익힌 마법이 여러 마법의 종류 중 흑마법이란 것이 문제였다.

일부 마법이 흑마법이 아닌 공통 마법으로 무속성 마법이 있기는 하지만, 그것들은 최상급 정령인 메드니스에게 영향을 줄 수가 없었다.

어스 드레이크 오마르의 마나 하트를 얻고 5클래스의 한계를 넘어서긴 했지만, 재식이 알고 있는 것은 어디까지나 흑마법일 뿐이었다.

그렇기 때문에 광기의 정령인 메드니스에게 대미지를 입히려 마법 공격을 해도 통하지 않을 것이었다.

왜냐하면 재식이 가진 마나가 바로 광기의 정령인 메드니스가 가진 어둠 속성의 기운과 비슷한 종류였기 때문이다.

흑마법과 몬스터에게서 얻은 힘으로는 별로 대미지도 줄 수 없을 뿐만 아니라 자칫 메드니스가 자신의 마력으로 상처를 회복할 수도 있었다.

그렇기에 재식은 지금까지와는 다르게 메드니스를 쉽게 공격하지 못했다.

'아, 그런 방법이 있었군.'

재식은 한창 전투 중인 일행을 두고서도 쉽사리 공격하지 못하여 답답하던 차였는데, 한참을 고민하던 끝에 순간직으로 좋은 생각이 떠올랐다.

그것은 바로 역으로 생각하는 것이었다.

자신의 마법의 기반인 흑마력과 비슷한 메드니스의 에너지를 역으로 흡수하면 된다는 생각이었다.

피해를 입고 형태를 복구하기 위해 힘을 소비하나 에너지를 빼앗기나 결과적으로 육신을 헌신하고 있을 시간이 줄어든다는 결과는 같기 때문이었다.

이에 재식은 바로 자신의 생각을 실행했다.

"에너지 드레인!"

심장에 있는 마력진을 최대로 가동하고, 또 신체 곳곳에 퍼뜨려 놓은 마력진 또한 지금보다 더 활성화시켰다.

부우우우!

재식이 온몸에 있는 일곱 개의 마력진을 활성화시키자 순간 마력이 뿜어 나오며 대기를 울렸다.

그으으으!

한창 슈마리온과 전투에 한창이던 메드니스는 순간적으로 힘이 빠지는 느낌에 깜짝 놀랐다.

조금 전부터 찔러 대는 벌레들의 공격이 신경 쓰였는데, 이번에는 자신과 비슷한 느낌을 가진 검은 기운이 자신의 몸과 연결되더니 그곳으로 자신이 가진 힘이 빠져나가고 있었다.

그 때문에 잠시 앞에 있는 슈마리온에 신경을 쓰지 못하고, 에너지가 빠져나가는 것을 막기 위해 자신의 내부로 관조하기 시작했다.

하지만 슈마리온도 자신의 앞에 있는 메드니스의 이상을 눈치챘다.

자신의 적이 이상하다는 것을 깨닫자 슈마리온도 더 이상 두고 보지 않고 바로 공격에 들어갔다.

빈틈이 보이면 그곳을 물어뜯는 것은 동물이나 정령이나 마찬가지다.

비록 생존 본능이 강한 것은 아니지만, 정령도 소멸을 할 경우에는 심각한 후유증을 가지고 오랜 시간을 기다려야만 했다.

그러니 그들도 소멸만큼은 피하고 싶은 일이었다.

현상 세계에서 역소환당하는 것이야 부작용을 조금만 참으면 끝이지만, 소멸은 역소환과는 차원이 다른 고통을 안겨 줬다.

크왁!

메드니스가 보인 빈틈에 슈마리온은 바로 과감하게 공격을 하였다.

그리고 그 공격은 메드니스가 재식의 공격을 방어하기 위해 신경을 쓰지 못하는 상황에서 들어갔기에 아주 치명적이었다

비록 슈마리온의 형상을 흉내 낸 육체였지만, 그것은 메

드니스가 현상 세계에 표현할 수 있는 가장 강한 모습이었다.

그 말은 반대로 원래 모습의 주인인 슈마리온이 강하다는 것과도 같았다.

그런 슈마리온이 메드니스의 목을 물어뜯었다.

크아아악!

물리력에 당하지 않는 정령이라지만 형태를 가지게 된 상태였다.

게다가 물의 기운이 가득 담긴 이빨에 물리자 그곳으로부터 상당한 에너지가 빠져나가기 시작했다.

이는 조금 전 재식이 에너지 드레인으로 빼앗은 에너지와는 그 크기부터가 엄청난 차이를 보였다.

순식간에 벌어진 일이라 메드니스도 제대로 조치를 취하지 못했다.

그런 탓에 계속해서 상처를 복구하는 과정에서 상당한 에너지를 손실하였다.

그 상황만으로도 벅찼는데, 재식은 그 와중에도 계속해서 에너지 드레인으로 메드니스의 힘을 빼앗았다.

그그그그—

시간이 지날수록 메드니스의 입에서는 점점 힘이 빠진 신음이 흘러나왔고, 육체를 이루던 빛도 흐려지면서 줄어들기 시작했다.

그러더니 어느 순간 마치 불꽃이 산화하듯 팟, 소리를 내며 메드니스의 형상은 그 어느 곳에서도 찾아볼 수가 없게 되었다.

*　　　*　　　*

차르륵!

대한민국 헌터 협회 회장인 김중배는 자신 앞에 놓인 보고서를 읽고 있었다.

"음, 그럼 남은 그것은 다시 원래 세계로 돌아간 것인가?"

한참 보고서를 읽던 김중배는 중부 전선에 나타난 재앙급 몬스터, 아니, 이제는 정체가 밝혀진 최상급 정령이 어떻게 되었는지를 물어보았다.

"그건 아니라고 합니다."

협회장의 질문에 이번 레이드의 총괄 지휘를 맡은 장선웅은 진중한 표정으로 대답하였다.

그런 그의 대답을 들은 김중배는 살짝 미간이 좁혀졌다.

"아니, 보고서에는 그렇게 돌아간 것으로 나와 있는데, 아니란 말인가?"

분명 방금 읽은 보고서에는 봉래호에서 출현한 최상급 물의 정령이 본래 왔던 세계로 돌아갔다고 적혀 있었다.

그런데 레이드를 총괄 지휘하고, 또 보고서를 올린 당사자가 그게 아니라고 하다니.

협회장인 김중배로서는 지금 장선웅의 말뜻을 어떻게 받아들일지 갈피를 잡을 수가 없어 인상을 찌푸렸다.

"음, 저도 언체인 길드의 길드장인 정재식 헌터에게 전해 들은 것이라 정확하게 이해한 것은 아닙니다."

장선웅은 제대로 이해를 하지 못한 상태란 것을 김중배에게 알렸다.

그도 그럴 것이, 둘로 나뉜 그것은 자신들을 도와 검붉은 존재와 싸웠다.

싸움은 너무나 싱겁게 끝나 버렸다.

겉으로 보이는 모습은 검붉은 빛을 띠던 정령이 푸른빛의 정령보다 강해 보였지만, 정작 전투가 시작되자 정반대의 모습을 보였다.

아니, 오히려 처음 자신들과 싸울 때보다 더 압도적인 모습을 보였다.

푸른색 정령은 자신과 똑같은 형상을 한 검붉은 정령을 밀어붙였으며, 거기에 헌터들이 도움을 주자 검붉은 정령은 최후의 발악을 하고는 소멸해 버렸다.

그 뒤로 푸른빛의 정령은 한동안 언체인 길드의 길드장과 마주하고는 사라졌다.

때문에 레이드를 총괄 지휘를 한 장선웅이나 대형 길드에서 파견 나온 헌터들은 일제히 재식에게로 몰려들었다.

느닷없이 사라진 슈마리온이 어디로 간 것인지를 알아보기 위해서였다.

이에 재식은 갑자기 슈마리온이 사라진 것은 자신의 세계로 돌아간 것이라고 말했다.

당연히 그 말을 그냥 믿을 수 없던 이들은 쉽게 물러나지 않았고 재식은 조금 더 풀어서 설명하였다.

단순하게 정령이 현상 세계에 있기 위해선 막대한 에너지가 필요한데, 이번 전투에서 현상 세계에서 형체를 유지할 수 있는 최소한의 에너지마저 모두 소모했다.

그 때문에 돌아갈 수밖에 없었다고 말이다.

물론 일부분은 사실이었지만, 다른 일부분에는 거짓이 섞여 있었다.

슈마리온이 많은 에너지를 소모해 현상 세계에 형태를 유지할 에너지가 부족한 것도 맞았다.

그렇지만 이미 칸트라 차원과 지구 차원은 차원 간 연결이 일방통행이었다.

칸트라 차원에서 지구로는 올 수 있지만, 지구에서 칸트라 차원으로 넘어가는 것은 불가능했다.

이는 차원 간 게이트를 만들기 위해서는 엄청난 에너지가 필요한데, 이는 최상급 물의 정령인 슈마리온이라고 해도 불가능한 일이었기 때문이다.

특히나 게이트를 통한 이동은 단순히 강한 능력만 있다고 해서 가능한 것도 아니다.

슈마리온이나 다른 몬스터가 지구로 게이트를 통해 넘어올 수 있던 것은 전적으로 칸트라 차원의 네 절대자가 힘을 합치고, 또 지구 차원의 신이 관여한 덕분이었다.

그러다 보니 슈마리온은 현상 세계에서 형태를 유지할 에너지가 부족해지자, 지구로 넘어와 적응하던 봉래호 밑의 공간으로 넘어가게 되었다.

그곳은 호수의 밑바닥이면서 또 별개의 공간이었다.

마치 몬스터 필드같이 말이다.

몬스터 필드는 밖에서 보면 정상적으로 보이지만, 그 구역 안으로 들어가면 밖에서 본 것과는 전혀 다른 세계가 펼쳐진다.

봉래호 밑 슈마리온의 안식처도 그와 같았다.

재식은 이러한 것을 슈마리온에게 들었지만, 여러 사람에게 알려봐야 좋을 것이 없다고 판단했다.

다만, 협회 소속인 장선웅에게는 지나가듯 말했다.

같은 배를 타게 된 김중배 협회장은 어느 정도 사실을 알아야 한다는 생각이었다.

장선웅에게 언질을 흘리고 나서 잠시간의 고민을 한 그는 자신에게 질문을 하는 헌터들에게는 제대로 설명하지 않았다.

정령이기에 육체를 현상 세계에 계속해서 유지하기 위해선 많은 에너지가 필요한데, 그것이 부족해 자신의 본래 차원으로 돌아갔다는 정도로만 말했다.

헌터들은 재식에게서 어떤 숨김을 찾아내려고 살펴보았지만, 그의 말에서 틀린 부분이 있는 것은 아니기에 어떠한 허점도 발견하지 못했다.

그로 인해 헌터들은 허탈한 표정이 되었다.

이번 중부 전선에 나타난 최상급 정령은 레이드는 분명 피해가 없었기 때문에 대성공이라 말할 수 있었다.

다만, 그 증거로 몬스터의 시체나 정령석도 없기에 이것을 두고 성공이라 말을 할 수 있는지를 두고 뒷말이 나오기도 했다.

그도 그럴 것이, 특히나 헌터 협회의 입장에서는 참으로 난감했기 때문이다.

이를 두고 레이드 성공이라 발표하고, 동원된 헌터들에게 보상을 해 주기에는 걸리는 부분이 많았다.

그렇다고 목숨을 걸고 전투를 벌인 것이 맞는데, 보상을 해 주지 않을 수도 없었다.

레이드가 끝나고 동원된 헌터에게 보상을 하려면, 그 등급에 맞게 해 줘야 했다.

이때 몬스터 레이드에 동원된 헌터들에게 돌아가는 보상은 보통 그들이 레이드한 몬스터의 사체와 부산물을 팔아 나온 금액으로 충당했다.

하지만 이번 봉래호 레이드 중 잡은 검붉은 정령에게서는 얻은 것이 하나도 없었다.

게다가 또 다른 푸른빛의 정령 하나는 그냥 사라져 버렸다.

그러니 헌터 협회도 레이드가 성공했다고, 텔레비전을 통해 공개적으로 발표를 하기가 쉽지 않았다.

그렇지만 또 발표를 하지 않을 수도 없었다.

국민들이 봉래호 레이드를 텔레비전을 통해 모두 지켜보았기 때문이다.

"혹시 따로 들은 것이라도 있나?"

김중배는 석연찮은 반응을 하는 장선웅을 보며 물었다.

"음, 그게 말입니다……."

장선웅은 뭔가 고민을 하다 어렵게 대답하였다.

"그게 뭔가?"

장선웅의 표정에서 뭔가를 읽은 김중배는 다급하게 질문을 하였다.

그런 김중배의 반응에 장선웅은 굳은 표정으로 재식에게서 들은 이야기를 전하였다.

"각각의 차원에는 그곳을 관리하는 신들이 존재한다고 합니다. 그리고 신들이……."

느닷없이 차원과 그곳을 관리하는 신이 존재한다는 말을

들자, 헌터들의 보상을 위한 부산물 같은 것들을 원한 김중배는 인상을 찌푸렸다.

이런 장선웅의 이야기에 황당한 표정이 된 그의 표정은 쉽사리 펴지지가 않았지만, 조용히 말을 들어보기로 하였다.

자신이 아는 재식은 헛된 말을 할 사람이 아니라 생각했기 때문이다.

8. 위기의 연인

대한민국 국민들은 축제 분위기에 빠졌다.

그도 그럴 것이, 작년에 이어 1년 만에 또다시 나타난 재앙급 몬스터 사태에도 불구하고, 발 빠른 헌터 협회의 대처로 두 번의 위기를 큰 피해 없이 무사히 격퇴했기 때문이다.

특히나 이번에는 참으로 위험한 상황이 벌어졌는데도 레이드에 나선 헌터들은 아무런 피해도 입지 않았다.

헌터 협회의 팀 유니콘 전단의 두 개 전대가 파견이 되었고, 거기에 대형 길드에서 파견된 7등급 이상의 헌터 50명이 동원되었지만, 이들 중 어느 누구도 사상자가 나오지 않앉기에 이를 지켜보던 대한민국 국민은 물론이고, 해외 외신들 또한 경악을 금치 못했다.

다만, 한국이라면 소국이라며 낮춰 보는 중국, 한국이 잘 되는 것은 죽어도 보지 못하는 일본의 경우에는 애써 이를 낮게 평가를 하기도 했다.

하지만 미국이나 유럽을 포함한, 한국과 그럭저럭 외교 관계가 원만한 국가들은 이번 중부 전선에서 벌어진 레이드를 보며 축전을 보내 왔다.

다른 나라의 사람들이 보기에 한국은 무슨 저주라도 받은 것처럼 연이은 재앙급 몬스터의 출현이 있었다.

그리하여 여행 부적격 국가 내지는 여행 자제를 권고하는 국가로 지정해야 하는 것이 아니냐며 심사숙고하기까지 했다.

이번 중부 전선에서 나타난 정령은 7등급 보스 몬스터라고 보고 있었다. 아니, 그를 넘어 새로 신설된 등급인 8등급 엘리트 몬스터급은 되어 보였다.

하나 그러한 상황에서 한국인들은 이를 비웃기라도 하듯 작년에 나타난 7등급 보스 몬스터는 물론이고, 이번 봉래호 레이드까지도 성공적으로 완수했다.

다만, 레이드에 성공했는데, 어떠한 이득도 보지 못한 것에 친밀한 국가들은 이를 안타까워하였다.

어쨌든 외국의 정상들이 보기에 한국은 더 이상 작은 약

소국이 아니었다.

한국은 예전 대격변 이전에 군사력이나 경제력이 소국으로 취급받을 정도는 아니었지만, 그에 비해 주변을 둘러싼 강대국들 때문에 제대로 된 평가를 받지 못했다.

하지만 이제는 아니었다.

대격변 이후, 이제 국가 전력은 군사력 따위가 아니게 되었다.

총포 대신 몬스터로부터 국민을 안전하게 지킬 수 있는 헌터를 얼마나 보유하고 있느냐에 따라 달라졌다.

헌터도 6등급 이상의 몬스터를 퇴치할 수 있는 고위 헌터들이 얼마나 있느냐에 따라 다르고, 재앙급 몬스터 레이드가 가능한 헌터팀을 보유하고 있느냐는 것도 그 국가를 대하는 반응에 차이가 생겼다.

이런 이유로 대격변 이후의 한국은 무척이나 강한 국가로 인식되었다.

한국은 대격변 이전에는 가전제품이나 자동차 수출 등으로 수출 강국이라 불리었다면, 이제는 강대국 못지않은 헌터 전력을 가진 국가로 몬스터 퇴치 의뢰 수주로 이름이 높아졌다.

그런 때에 연이은 재앙급 몬스터의 성공적인 퇴치로 인해 이제는 미국을 비롯한 유럽의 강국들도 한국을 다시 보게 되었다.

특히나 미국은 대격변 이전에도 그러하듯이 차원 게이트 출연으로 몬스터가 범람한 대격변 이후에도 뛰어난 과학기술을 비롯한 막대한 부로 살아남았다.

미국은 그러한 기술력과 금력을 가지고 타국의 헌터들을 빨아들이며, 헌터 최강국으로 자리 잡았다.

다른 나라의 경우에는 재앙급 몬스터를 퇴치한 헌터팀 하나를 보유하기도 힘들었는데, 미국은 무려 두 개의 레이드 팀을 보유하고 있었다.

최초의 재앙급 몬스터로부터 미국의 수도 워싱턴 D.C.를 지켜 낸 디펜던스.

출현과 동시에 커다란 지진을 일으키며, 캘리포니아를 섬으로 만들어 버린 최악의 마수 레비아탄을 처리한 어벤져스.

이렇게 강력한 두 개 팀을 보유한 미국이지만, 미국은 예전부터 인재를 끝없이 갈구했다.

그 때문에 세계 각국으로부터 비난을 받기도 했지만, 언제나 역사는 승자에 의해 쓰이듯 초강대국 미국의 행보를 막기란 어려웠다.

다만, 대격변이 가져온 위기는 그런 미국도 함부로 독단적인 판단을 하기 힘들게 만들었다.

그도 그럴 것이, 대격변은 단순한 사건이 아닌 생존과 관계가 있을 정도로 인류에게 공포를 가져다주었기 때문이다.

그 때문에 세계 각국은 초강대국 미국이 실력 행사를 하더라도 지금까지와는 다른 모습으로 대응했다.

그로 인해 미국은 우방국조차 자신들에게 적대적인 모습을 보이는 데 경각심을 느끼고 행동을 자제하기에 이르렀다.

덕분에 세계 각국으로부터 인재 뺏어 가기는 줄어들었지만, 인간의 욕심으로 인해 헌터 스스로 미국으로 가는 탓에 그곳은 언제나 인재가 넘쳤다.

그중 가장 많은 인재를 유출한 국가가 바로 미국의 오랜 동맹국인 한국이었다.

한국은 맹목적인 미국 사랑으로 많은 피해를 입는데도 위정자들의 호도로 인해 마치 금붕어마냥 전에 입은 피해는 금방 잊었다.

대신 오래전 어려울 때 도움을 받은 것만은 잊지 못하고, 미국의 작은 호의에 크게 반응하였다.

그 때문에 미국의 인재 빼 가기는 합법이란 가면에 가려진 채로 자질이 우수한 수많은 헌터들이 미국으로 넘어갔다.

그럼에도 불구하고, 한국은 유달리 고위 헌터가 많이 나왔다.

그렇게 인재를 미국에 빼앗겼으면서도 말이다.

그래서 그런지 미국은 물론이고, 미국이 한국을 상대로

어떻게 인재 빼 가기를 하는지 지켜본 많은 외국의 정부도 나섰다.

결국 갖은 노력을 한 끝에 어느 정도 성과를 보기도 했다.

그런데 또다시 그들이 생각지도 못한 인재가 나타났다.

그 인재는 지금까지 나온 그 어떤 헌터와도 다른 타입의 헌터이기에 세계 각국 정부들은 모두 그를 주시했다.

그는 혼자서 재앙급 몬스터의 공격을 받아 내고, 또 막강한 전투력으로 재앙급 몬스터에게 피해를 주며 몬스터 레이드를 리드하였다.

그러한 모습은 텔레비전을 통해 전 세계로 송출되었고, 이는 세계 각국 정부 인사들도 모두 지켜보게 되었다.

그렇게 내린 결론은 한국의 새로운 S등급 헌터는 7등급 보스 몬스터는 힘들더라도 6등급 보스 몬스터는 혼자서 사냥이 가능할 것이라고 판단했다.

이전에는 재앙급으로 취급을 받던 6등급 보스 몬스터로 평범한 헌터들은 레이드가 불가능한 몬스터다.

최소 6등급 후반은 되어야 피해를 줄 수 있기에 헌터들에게는 쉽게 볼 수 있는 몬스터가 아니었다.

그런 몬스터를 한국의 네 번째 S급 헌터는 솔로 레이드가 가능하다고 판단을 내렸으니, 얼마나 강한지 알 수 있는 대목이었다.

즉, 헌터 한 명의 전력이 6등급 보스 몬스터를 능가한다는 말과 같았기 때문이다.

한국이 보유하고 있는 기존의 S급 헌터 세 명도 전 세계적으로 헌터 순위를 매기면 손에 꼽을 정도로 강자에 속하는데, 이번에 새롭게 나타난 네 번째 헌터는 더욱 강하다고 판단되니 충격을 안겨 주었다.

이 때문에 미국은 비상이 걸렸다.

이대로 가다가는 세계 최강국의 지위를 한국에 넘겨줄 위기에 처했다.

이전에야 한국이 비록 세 명의 S급 헌터를 보유하고 있다고는 해도 이 중 재앙급 몬스터인 7등급 보스 몬스터를 퇴치한 헌터는 성신 길드의 백강현 혼자였다.

이미 재앙급 몬스터를 퇴치한 헌터팀이 둘이나 존재하는 미국의 입장에서 크게 신경을 쓸 정도는 아니었다.

물론 백강현 말고도 남은 두 명의 S급 헌터들에게도 그들을 받쳐 줄 팀이 존재하기는 했지만, 공식적으로 재앙급 몬스터를 잡은 것과 그렇지 않은 헌터팀을 동일한 수준에 놓지는 않았다.

그만큼 전력의 차가 심하기 때문이었다.

그렇지만 확실한 실적이 없기에 팀 어벤져스나 팀 디펜던스와 동일 선상에 두고 평가하지는 않았다.

그런데 이번에 한국에서 일어난 봉래호 레이드는 인구

3천만인 한국이 인구 3억의 미국과 동급의 헌터 전력이 있는 것으로 평가받기에 이르렀다.

그럴 수밖에 없는 것이, 중부 전선 레이드에는 이전에 7등급 보스 몬스터를 사냥한 성신 길드의 백강현이 없었다.

그러한 상태에서 네 번째 S급 헌터인 재식이 나서 두 마리의 재앙급 몬스터를 사냥했기 때문이다.

즉, 미국이 보유한 팀 어벤져스와 팀 디펜던스처럼 공식적으로 실적을 낸 헌터가 둘이나 나오게 된 것이었다.

더욱이 재식은 혼자서 레이드의 핵심으로 주도적인 역할을 담당했다.

메인 탱커와 메인 딜러, 두 가지의 역할을 말이다.

그런데 여기서 사람들이 모르는 것이 하나 있었다.

그것은 바로 겉으로 보이는 것이 다가 아니란 사실이었다.

재식과 함께 레이드에 동원된 헌터들이 가지고 있던 장비들 중 많은 것이 재식이 제작해 준 것들이었다.

특히나 팀 유니콘 두 개 전대의 총원 스물네 명이 보유한 아티팩트가 그러했다.

그들의 핵심 무기인 완드와 레이드는 물론이고, 이번 레이드 도중에는 사용되지 않았지만 방어형 아티팩트도 재식이 제작한 것이었다.

또한 각성 헌터들의 각자의 특성을 잘 살려 주는 아티팩트도 레이드에 사용됐지만, 그것은 겉으로 티가 나는 것이 아니기에 아무도 모를 뿐이었다.

하지만 특성을 잘 활용할 수 있는 아티팩트도 이번 레이드에 헌터들이 부상을 당하지 않게 한 공신 중 하나이기에 사실상 재식이 이번 레이드에서 한 역할은 겉으로 드러난 것보다도 더 컸다.

다만, 그럼에도 안타까운 것이 있다면 어렵게 레이드에 성공을 하였는데, 소득이 하나도 없다는 것이었다.

그런데 재식만은 달랐다.

재식은 어스 드레이크 오마르의 마나 하트로 인해 상당히 많은 마력을 보유했지만, 그만큼 강력한 상대와 많은 역할로 힘들게 최상급 정령과 전투를 벌여 소모한 에너지도 많았다.

하지만 그 덕분에 얻은 것이 있었다.

이번 봉래호 레이드에서 한꺼번에 많은 마력을 소모한 탓에 보유하고 있기만 하고 제대로 활용하지 못하던 마력의 상당 부분을 활성화할 수 있게 되었다.

재식의 신체 곳곳에 쌓여만 있던 마력은 이번 전투로 무려 절반이나 녹아 재식의 심장과 뼈, 그리고 근육과 피부를 더욱 단단하고 강력하게 만들어 주었다.

어스 드레이크 오마르의 마력은 이번 레이드뿐만 아니라

그전의 전투에서도 조금씩 녹여 내고 있었다.

그럼에도 불구하고, 오마르의 마력은 아직도 재식의 신체에 삼 할이나 남아 활성화되지 못하고 굳어 있다.

만약 남은 삼 할을 마저 풀어낼 수만 있다면, 재식은 아마도 지구상에 있는 어떤 존재보다도 많은 마력을 보유하게 될 것이었다.

물론 지금도 재식은 헌터 중에선 가장 많은 마력을 보유하고 있다.

그렇게 많은 마력을 녹이고 활성화하여 중부 전선으로 오기 전보다 훨씬 강해진 재식은 지금 심각한 고민을 하고 있는 중이었다.

"하! 이걸 어쩐다."

재식은 자신의 손바닥 위에 놓인 엄지손톱보다 조금 큰 구슬을 들여다보며 중얼거렸다.

언뜻 보면 동네 아이들이 가지고 놀 법한 유리구슬처럼 생긴 물건이었는데, 자세히 보면 일반적인 유리구슬과는 조금은 다른 것을 발견할 수 있었다.

너무나 투명해 속이 모두 비치는 구슬의 중심에서는 수많은 색의 빛이 끊임없이 일렁이고 있는 것을 볼 수 있었다.

뿐만 아니라 마력이 민감한 재식에게는 구슬에서 강한 기운을 느낄 수 있었다.

구슬에서 흘러나오는 기운이 어찌나 강한지, 상당한 마력을 지닌 재식도 순간 움찔할 정도로 격렬한 느낌을 주었다.

하지만 소리가 크면 오히려 아무런 소리도 들리지 않는 것처럼 너무나 큰 마력으로 인해 정작 다른 헌터들은 이를 포착하지 못했다.

그것도 7등급 완숙의 경지에 들어선 최수연과 이미 7등급 헌터의 끝자락에 있는 장선웅도 지금 재식이 들고 있는 구슬에서 어떠한 기운도 느끼지 못하고 있었다.

두 사람은 그저 물의 최상급 정령인 슈마리온이 전투가 끝나고 재식에게 넘겨준 것이라 뭔가 특별할 것이란 것만 짐작할 뿐이었다.

하지만 재식은 구슬의 정체를 정확하게 알고 있기에 어떻게 해야 할지 판단이 서지 않았다.

슈마리온의 부탁대로 물과 바람 그리고 불과 대지의 기운이 맺히는 땅에 심는다는 것은 쉬운 조건이 아니기 때문이었다.

"무슨 NPC로부터 퀘스트를 받는 것도 아니고… 난감하네."

정령수의 씨앗을 쳐다보며 재식은 자신도 모르게 중얼거렸다.

설마하니 슈마리온이 메드니스와의 전투가 끝나고, 자신

에게 정령왕 엘리오스가 준 정령수의 씨앗을 맡길 줄은 상상도 못했다.

더욱이 이 정령수의 씨앗은 정령인 그에게 무척이나 중요한 것이었다.

광기의 정령인 메드니스가 대마왕의 명령까지 받아 탈취를 하려고 한 것만 봐도 심상치 않은 물건이란 걸 알 수 있었다.

그런 것을 선뜻 자신에게 건네준 슈마리온의 뜻을 지금 헤아리기에는 지구로 넘어온 정령이란 것들의 사정을 알지 못했다.

"그래도 일단은 다른 지배자들보다는 나으니, 생각해 볼만 하지."

재식은 슈마리온이 알려 준 다른 사실을 떠올리며 중얼거렸다.

그는 조금 전 자신을 노린 마계의 지배자인 대마왕처럼 다른 칸트라 차원의 지배자들도 무언가 지구를 상대로 음모를 꾸미고 있을 것이라 말했다.

또한 그것은 비단 대마왕뿐만 아니라 마계와 대척점에 선천계도 다르지 않다고 하였다.

파괴와 타락으로 대변되는 것은 마계이고, 그 대척점에 있는 빛의 세력은 천계라 불렸다.

하나 완벽한 순백은 조금의 더러움도 배척한다는 것처럼

그들은 융통성이 없었다.

어쩌면 이곳 지구로 넘어올 천계 세력은 다른 목적으로 오는 것일 수도 있었다.

원래 목적이라면 마계의 존재를 막고 칸트라 차원의 균형이 무너지는 것을 막는 역할이었지만, 굳이 지구에서까지 그러한 행보를 걸을지는 알 수 없는 노릇이었다.

이는 정령왕 엘리오스의 판단도 그러했고, 또 슈마리온에게 이야기를 들은 재식도 그와 비슷한 판단을 내렸다.

'자신들을 구속하는 법칙에서 벗어난 차원에 오게 되는데, 천계의 놈들이라고 이전처럼 마계의 존재와 싸울 것이란 보장은 없지.'

정령수의 씨앗을 보며 그런 생각을 하던 재식은 슈마리온의 의뢰에 따라 한 번 시도해 보기로 하고, 마땅한 장소가 있나 고심해 봤다.

'어디가 있으려나… 불, 물, 바람, 땅의 속성이라……'

그때 재식의 머릿속에서 뭔가 번쩍였다.

'맞다! 그 네 가지 조건이 맞는 지역이 있었어!'

재식은 슈마리온이 자신에게 정령수의 씨앗을 맡기며 정령수가 제대로 뿌리를 내릴 수 있는 조건의 땅에 대해 들려주었을 때, 그러한 조건을 가진 지역은 이 세상에 없을 것이라 생각한 탓에 지금까지 무척이나 고민하고 있었다.

그런데 생각해 보니 그 네 가지 조건이 완벽하다고는 할 수 없지만, 비슷한 조건을 가진 지역이 떠오른 것이었다.

그리고 그곳은 이곳에서 그리 멀지도 않았다.

바로 백두산맥의 중심인 백두산.

한반도 내에 그러한 조건에 맞는 곳은 거기밖에 없었다.

백두산은 한반도에서 가장 높은 산으로 예로부터 한국인들에게는 성산으로 숭배를 받았고, 단군신화에 보면 단군이 신시라는 도시를 세웠다는 전설도 있는 산이다.

현재는 휴화산으로 활동을 하지 않지만, 천 년 주기설과 육백 년 주기설 등의 이야기가 나올 정도로 완전히 죽은 사화산도 아니었다.

이렇게 조건을 보면 압록강의 수원지로 물의 기운도 풍부하고, 또 위도가 높다 보니 바람도 많이 불었다.

그뿐만이 아니라 휴화산이기는 하지만, 아래에는 뜨거운 불의 기운도 강했다.

또 거대한 산맥의 중심지다 보니 대지의 기운도 풍부했다.

슈마리온이 말한 조건에 딱 알맞는 지형인 것이었다.

이런 생각을 하게 된 재식은 다시금 결심을 했다.

'그래 마계뿐만 아니라 다른 놈들도 지구에 뭔가 쿵쿵

이를 가지고 넘어온다고 하니, 그중 하나 정도는 우호 세력으로 두는 것도 나쁘지 않을 것이야. 그리고 그것이 극단적인 곳보단 조화를 중시하는 쪽이라면 그나마 믿을 만하지.'

재식이 생각하기에 극단적인 것은 인류에게 좋지 못하다 판단했다.

인간도 극우나 극좌, 그리고 광신은 지구에 커다란 분란을 가져와 끝없는 전쟁의 소용돌이로 내몰았다.

만약 대격변으로 인류 최대의 적인 몬스터가 나타나지 않았다면, 인류는 그 문제로 자멸하였을 지도 모른다.

그러한 생각을 한 재식은 헌터 브레슬릿을 작동해 본진에 있는 부길드장인 김재환에게 연락했다.

뚜르르.

[연락받았습니다, 길드장님.]

"국토 수복 진격로에 대해 회의를 하겠습니다. 제가 도착하기 전까지 방안을 생각해 주세요."

＊　　　＊　　　＊

어두운 실내 최충식은 혼자서 방안의 불을 끄고 술을 마시고 있었다.

텔레비전의 채널을 돌리는 곳마다 이번 중부 진선의 봉래호 재앙급 몬스터 레이드에 관한 소식이 나왔다.

이때마다 최충식은 듣고 싶지 않은 이름을 들어야만 했다.

학창 시절부터 자신의 앞을 막아서던, 그래서 일부러 더 괴롭힌 재식의 이름을 말이다.

집안도 별 볼일 없고 볼 것이라고는 그럭저럭 여자들에게 먹히는 얼굴과 성적뿐이었다.

하지만 그것도 고등학교를 졸업하고는 잊었다.

분명 그렇게 생각했다.

이후 몇 년 만에 만난 재식은 역시나 하급 헌터로 근근이 살아가고 있어 안심을 했다.

음모를 꾸며 나락으로 떨어뜨리기도 했다.

성신 길드의 승승장구로 인해 자신도 일본에서 승승장구하며 헌터로서 큰 성과를 이룩하기까지 했다.

그런데…….

일본에서 2년 만에 돌아와 본 그놈은 자신이 쳐다보지도 못할 곳에 올라가 있었다.

어떻게 그렇게 될 수 있는 것인지, 자신은 도저히 이해할 수도 이해하고 싶지도 않았다.

자신은 끼지도 못하는 재앙급 몬스터 레이드의 가장 선두에 서 있었고, 몬스터를 레이드하기 위해 모인 헌터들을 지켰다.

아니, 지키는 정도가 아니라 모든 공격을 막아 내고, 또 재앙급 몬스터를 상대로 그 어떤 고위 헌터들보다 더 강력한 피해를 주었다.

한순간이라도 다른 헌터들에게 몬스터의 시선이 돌아가려 하면, 강한 공격으로 몬스터를 방해했다.

일반적인 몬스터 레이드에서도 사상자는 나온다.

그런데 이번 중부 전선의 재앙급 몬스터 레이드에서는 그 흔한 부상자도 나오지 않았다.

이 때문에 어디를 가든 이번 몬스터 레이드를 두고, 세상 그 어느 것보다 가장 성공적이라 칭찬했다.

물론 만약 길드가 주도했다면, 몬스터로부터 어떠한 부산물도 건지지 못해 성공한 레이드라 보기는 어려울 수도 있었다.

한데 이번 재앙급 몬스터 레이드는 헌터 길드가 실시한 것이 아니라 정부 기관인 헌터 협회가 주관한 레이드였다.

그렇기에 헌터 길드 입장에서는 나쁠 것이 없었다.

어쨌든 강제 동원된 길드의 헌터들이 아무런 부상도 없이 복귀하게 된 것만으로도 새로운 경험을 한 이들이 품으로 돌아오게 된 것이었다.

또한 동원된 헌터들과 헌터들을 지원한 헌터 길드에도 어느 정도 보상이 내려올 것이잖나.

그러니 헌터 길드 입장에서 이번 재앙급 몬스터 레이드가 대성공일 수밖에 없었다.

비록 보상을 제외한 다른 부산물을 챙기지 못한다는 것은 아쉽지만 말이다.

그리고 길드뿐만 아니라 정부 입장에서도 호재라 할 수 있었다.

애초 자신들의 치부를 숨기기 위해 벌인 무리한 국토 수복 계획이었다.

그런데 갑자기 나타난 재앙급 몬스터에게 수많은 사망자가 생겼으니, 그들로서는 당황스러운 일이 아닐 수 없었다.

하나 재식의 도움으로 많은 사상자를 낸 몬스터를 아무런 피해도 없이 레이드에 성공할 수 있었고, 정부는 이를 대대적으로 선전했다.

그러나 헌터 동원령으로 헌터 길드 소속 고위 헌터들을 동원한 헌터 협회의 입장은 또 달랐다.

레이드가 끝났으니 이에 대한 보상을 해 줘야 하는데, 몬스터를 퇴치를 한 후 건진 것이 없기에 참으로 난감해진 상황이었다.

그 탓에 헌터 협회는 이번 레이드에서 최고의 활약을 한 재식에게 다시 한번 아쉬운 부탁을 해야 하기에 각종 언론을 통해 네 번째 S급 헌터에 대한 칭찬과 홍보를 마다하지 않았다.

조금이라도 재식을 띄우고 부탁을 해야 기분이 좋은 재식이 자신들의 부탁을 들어줄 것이라 생각했다.

그러다 보니 공중파 방송이나 케이블 방송할 것 없이 모든 뉴스 매체들이 앞다퉈 재식과 언체인 길드에 대한 칭찬을 하는 것이었다.

그런 와중에 실내에 마련된 칵테일 바에서 홀로 술을 마시던 최충식은 계속되는 재식의 칭찬을 보며 기분이 나빠졌다.

쾅, 쾅!

벌컥.

쨍그랑!

"젠장!"

최충식은 두 손으로 간이 테이블을 내려쳤다.

그러고는 테이블 위에 있던 술잔을 들어 단숨에 들이키고는 들고 있던 술잔을 벽으로 던져 버렸다.

"으아아아아!"

아무리 독한 술을 마셔도 가슴 속 깊은 곳에서 끌어 오르는 화를 주체할 수가 없었다.

최충식이 자신의 호텔 객실에서 혼자 술을 마시며 주사를 부리고 있을 때 갑자기 객실 문이 열렸다.

딜컹.

"뭐야!"

갑자기 자신의 방문이 열리자 최충식은 뒤도 돌아보지 않고 소리쳤다.

"언제까지 그러고 있을 건데?"

차가운 목소리가 들려왔다.

목소리의 주인공은 바로 약혼녀인 백장미였다.

"왜 온 거야! 다시 그놈이나 찾아가지!"

최충식은 약혼녀인 백장미에게 평소와는 다르게 화를 내며 소리쳤다.

사실 그가 이렇게 화가 나 있는 것은 전적으로 백장미 때문이었다.

봉래호 인근에 재앙급 몬스터의 출현으로 인해 사실상 중부 전선의 국토 수복 계획은 중단된 상태였다.

이후 발 빠른 헌터 협회의 발표가 있었다.

봉래호에 출현한 재앙급 몬스터를 레이드할 것이란 내용이었다.

그때까지만 해도 최충식과 백장미의 관계는 이렇지 않았다.

비록 최충식이 아직 7등급 헌터에는 이르지 못했지만, 조만간 오를 것이 분명했다.

특히나 젊은 층으로 치면 최충식만큼 빠른 레벨업을 한 헌터가 없어 차세대 헌터 중에선 최고의 유망주로 손꼽히고 있었다.

아마 서른 살이 되기 전에 최충식은 7등급에 오를 것이고, 조금의 행운만 따른다면 성신 길드의 길드장인 백강현만큼이나 강한 헌터가 될 수도 있을 것이란 전망도 나왔다.

그렇기에 백장미는 제멋대로인 최충식이지만 약혼까지 했다.

물론 자신의 성격과도 잘 맞은 것도 있었지만 말이다.

그런데 그런 관계는 우연히 본 이번 봉래호의 재앙급 몬스터 레이드를 보고는 깨져 버렸다.

모두가 잊고 있었지만, 성신 길드 설립 역사상 최악의 사고로 인한 피해자가 바로 재식이었다.

대형 헌터 길드로서의 자부심과 자존심 때문에 그러한 피해를 받고도 쫓겨나듯 어떠한 보상도 받지 못하고 길드를 나갔다.

그러한 일이 있은 뒤로 성신 길드는 의도적으로 사건을 은폐했고, 길드에 속한 모든 이들은 피해자인 재식을 잊었다.

그런데 너무나 달라진 모습으로 재식이 이들 앞에 등장한 것이다.

수많은 고위 헌터들의 가장 선두에 서서 재앙급 몬스터를 가로막으며 등장하였다.

재식은 단순히 헌터들과 함께하는 정도기 아니라 주노적

으로 몬스터의 공격을 막고, 적절한 지시도 하며 뒤에 있는 헌터들을 지켰다.

그리고 빈틈이 보이면 과감하게 몬스터에게 공격을 감행했다.

처음 중계를 볼 때만 하더라도 최충식이나 백장미 등 재식을 알고 있던 성신 길드의 헌터들은 그러한 행동을 비웃었다.

한 가지 임무라도 제대로 하라고 소리치기까지 하였다.

그런데 레이드가 길어지면서 재식의 활약을 보게 된 성신 길드의 헌터들은 순간 입을 다물었다.

거대해진 몸으로 위압적인 몬스터의 공격을 방어하고 피해를 입히는 한편, 뒤에 있는 헌터들에게는 적절한 명령을 지시하기까지 했다.

그것은 사실 성실 길드의 절대자인 길드장 백강현도 보여주지 못한 엄청난 모습이었다.

그때부터였다.

자신의 옆에 앉아 있던 백장미의 눈빛이 바뀐 것이 말이다.

자신 못지않게 욕심이 많은 백장미는 텔레비전을 통해 보이는 재식의 활약에 시선을 고정한 채 떨어질 줄을 몰랐다.

한동안 잠잠한 듯하더니, 백장미의 안 좋은 버릇이 다시 도진 것이다.

백장미는 자신에게 도움이 될 만한 사람이라면 어떻게든 관심을 가지고 자신의 품으로 끌어들이려 했다.

그 모습을 옆에서 지켜보는 최충식은 그녀의 탐욕에 질릴 정도였다.

그것 때문에 재식을 파멸의 구렁텅이로 밀어 넣었는데, 그는 그 밑바닥에서 자신은 엄두도 못 낼 곳까지 올라간 것을 보며 자존심이 상했다.

게다가 자신만큼이나 야망이 큰 백장미가 또다시 그에게 관심을 갖는 것에 질투가 끓어올랐다.

그리고 질투심이 끓어오르자, 최충식은 자신과 재식을 비교하게 되었다.

지금까지 엘리트 코스를 밟으며 지금의 위치에 오르기까지 자신이 얼마나 노력을 했는지, 또 백장미의 관심을 얻기 위해 자신이 어떤 짓까지 했는지를 떠올렸다.

사실 집안이나 능력을 보면, 백장미는 상당한 힘을 가지고 있는 여성 헌터였다.

여자이지만 야망도 상당해 종종 더러운 일도 하였다.

그러한 것을 알기에 최충식은 그런 백장미가 너무나 좋았다.

자신보다 좋은 배경은 어쩔 수 없지만, 더러움도 마다않고 행하는 독심이 자신과 잘 어울린다고 생각했다.

그래서 여러 여자들을 섭렵하면서도 결혼 상대로는 백징

미만을 두고 있었다.

하지만 그녀는 그렇지 않다는 것을 얼마 전에서야 알게 되었다.

백장미가 자신의 성공을 위해선 어떤 것도 희생할 준비가 되어 있는 것은 맞았다.

다만, 그것이 자신의 소중한 그 무엇이라도 말이다.

그런 그녀에게 배우자라는 존재는 야망을 실현시켜 줄 수 있는 도구일 뿐이었다.

만약 그녀의 주변에 최충식보다 나은 조건과 능력을 갖춘 존재가 있었다면, 백장미는 진즉 약혼을 파기하고 갈아탔을 것이다.

하지만 최충식에게는 다행스럽게도 백장미의 주변에 그보다 나은 조건의 남자는 존재하지 않았다.

그래서 어떻게든 이어져 오던 관계였다.

그러던 것이 2년 만에 한국에 돌아와 망가진 것이다.

바로 재식을 보면서 말이다.

처음 헌터 협회 본부에서 재식을 볼 때만 해도 좀 강해졌다고 생각했다.

그런데 봉래호 레이드를 보니 최충식의 상상을 아득히 뛰어넘는 존재가 되어 있었고, 백장미는 다시금 재식에게 관심이 생겨 버렸다.

2년 전만 해도 그저 재능이 있는 유망주 정도였는데, 지금은 엄청난 거물이 되어 있었다.

언론 매체를 통해 가장 많이 들은 말이 바로 차세대 헌터 계를 이끌어 갈 S급 헌터라는 단어였다.

뿐만 아니라 이미 한 차례 재앙급 몬스터인 7등급 보스 몬스터를 작년에 잡은 이야기를 듣고는 깜짝 놀랄 수밖에 없었다.

재앙급 몬스터는 자신과 백장미는 물론이고, 성신 길드의 차세대 레이드팀인 비스트도 경험하지 못한 일이었다.

그런데 재식은 직접 야마타노 오로치에 버금가는 재앙급 몬스터를 상대로 활약하고, 그에 그치지 않고 결정타까지 먹였다는 것이다.

그 정보를 듣게 되자, 백장미는 현재 자신의 옆에 있는 최충식과 재식을 비교하기 시작했다.

이러한 사실을 최충식도 알게 되면서 두 사람의 관계는 삐걱거리게 되었다.

아무리 야망을 위해서라지만, 약혼자를 두고 다른 남자와 비교한다는 것은 기분이 나쁠 수밖에 없었다.

더욱이 그 상대가 한때 자신이 별 볼일 없는 존재라 생각한 이라면, 그 누구라도 자존심이 상할 것이 분명했다.

그러한 상황이 지속되자, 두 사람은 모두 시간을 가지기로 하고 서로에 대해 어떤 터치도 하지 않았다.

하지만 두 사람의 관계는 가면 갈수록 나아지지 않고, 게

속해서 어긋나기 시작했다.

또다시 재식에게 관심을 보이는 백장미에게 자존심이 상한 최충식은 더 이상 그녀에게 연연하지 않게 되었다.

이전처럼 재식이 자신이 비벼 보거나 혹은 더 못한 상대인 상태라면, 어떻게든 끌어내려 백장미의 관심을 돌려 보려고 할 것이었다.

하나 이제는 불가능했다.

재식은 자신이 쳐다보지도 못할 위치에 올라가 있었고, 또 예전처럼 자신이 음모로 어떻게 해 볼 상대도 아니었다.

또다시 음모를 꾸미려는 것을 재식이 알게 된다면, 자칫하다 역풍을 맞을 수도 있었다.

이제는 예전처럼 힘이 없어 그대로 당하고만 있을 재식이 아님을 깨달았기 때문이다.

이런저런 일로 최충식은 자신과 재식의 차이를 깨닫게 되자, 이제는 모든 것을 포기하고 싶어졌다.

하지만 그 와중에도 자존심은 상하기에 술로 자신의 화를 삭이고 있었는데, 그러던 중 백장미가 찾아와 말을 건 것이었다.

"뭘 어떻게 할까? 후후."

술기운 때문에 약간 풀린 눈으로 자신을 향해 질문을 하는 백장미를 쳐다보며 물었다.

정작 질문을 한 백장미조차도 바로 대답을 하지 못했다.

그녀 또한 지금 혼란스러운 것은 매한가지기 때문이었다.

지금까지 그녀는 가지고 싶은 것은 모두 가졌다.

그러다 싫증 나면 버리고, 또 다른 흥미를 끄는 것을 수집하며 살아왔다.

그런데 이번에 지금까지와는 전혀 다른 존재를 알게 되었다.

봉래호에서의 활약이 있기 전, 헌터 협회에서 우연히 본 재식의 모습은 예전 길드에서 함께할 때와는 무척이나 달랐다.

거리낌이 없었고, 자신감이 넘쳤다.

그러한 모습에 백장미는 흥미를 느끼며 재식에 대해 조사했고, 당시 그의 옆에 서 있던 최수연에 대해서도 함께 알아봤다.

시간이 흘러 두 사람의 정보를 받아 보고는 깜짝 놀랐다.

자신들이 모르는 사이 재식은 어느새 대한민국에서 네 번째 S급 헌터가 되어 있었으며, 재앙급 몬스터 레이드를 성공시킨 고위 헌터가 되어 있었다.

뿐만 아니라 그의 옆을 차지하고 있는 여자는 자신과 비교해도 결코 빠지지 않는 배경과 실력을 갖춘 고위급 헌터였다.

길드의 적극적인 지원을 받으며 승승장구하는 자신보다 더 높은 등급과 레벨을 가지고 있는 최수연.

그리고 그런 그녀가 재식과 깊은 관계란 것을 듣게 되자 강렬한 질투를 느꼈다.

한때 자신의 관심에 수줍어하던 재식이 다른 여자의 것이 되었다니, 그것에서 오는 박탈감은 분노와 함께 집착으로 이어졌다.

그러다 보니 약혼자인 최충식과의 관계도 소원해지기 시작했다.

예전에는 그렇게 든든하고 대단하게 보이던 최충식이지만, 이미 S등급으로 최고의 위치에 있는 재식과 비교하면 반딧불에 불과했다.

하지만 재식은 그림 속 떡이었고, 최충식은 손에 든 떡이었다.

욕심과 야망이 큰만큼이나 현실적인 백장미로서는 굳이 먹지 못하는 그림 속 떡에 배팅할 필요가 없었고, 결국 최충식을 다시 찾아온 것이었다.

그런데 지금 최충식의 반응이 심상치 않았다.

예전 같으면 자신이 아무리 잘못을 하더라도 이렇게 돌아오면 자신을 맞이해 주었다.

하지만 오늘은 달랐다.

'음, 이게 아닌데⋯⋯.'

뭔가 자신이 생각한 것처럼 돌아가지 않는다는 걸 깨달은 백장미는 뒤늦은 후회를 했다.

하지만 그것도 잠시, 최충식의 푸대접에 점점 화가 나기 시작했다.

"자기가 이런 모습을 보이는 것은 좀 실망스러운데."

백장미는 최충식의 모습에 자신의 감정을 숨기며 이야기를 하였다.

"계속해서 이런 나약한 모습을 보인다면, 우리 관계를 다시 생각해 봐야 할지도 몰라. 그래도 좋아?"

그러나 계속되는 백장미의 이야기에도 최충식은 조용히 새 술잔을 꺼내 술을 따라 마시기만 했다.

9. 비밀 계약

중부 전선의 재앙급 몬스터 출현으로 중단된 국토 수복 계획이 다시 재계되었다.

하지만 사람들의 관심은 몬스터 왕국이 된 북한 지역이 아닌, 재앙급 몬스터를 퇴치한 헌터들이 받을 보상에 더욱 쏠려 있었다.

이번 봉래호에 나타난 놈은 역대 가장 크고 강할 것으로 추측되는 몬스터였다.

재식에 의해 최상급 정령이라는 게 밝혀진 봉래호 몬스터는 처음 출현은 한 마리였지만, 중간에 두 마리로 분열했다.

지금까지 출현한 어떤 몬스터도 그러한 적은 단 한 번도 없었는데, 이번 재앙급 몬스터의 경우 정말로 특이한 점이 많은 몬스터였다.

두 마리로 분열했을 뿐만 아니라 마치 상극이라도 되는 듯, 푸른색과 검붉은 색을 띠는 그것들은 서로 싸우기까지 하였다.

결국 현장에 있는 헌터들의 도움으로 두 마리의 괴수 중 푸른색의 괴수가 최후의 승자가 되기는 했지만, 그것 또한 전투가 끝난 뒤 잠시 머물다 사라졌다.

전해지길 그 괴수는 육체를 가진 생명체가 아니라 했다.

정령은 에너지를 기반으로 한 정신체로서 육체를 형성할 수 있는 에너지를 모두 고갈하면 사라진다고 했다.

일반적인 몬스터만 봐온 사람들에게는 의문이 많은 존재라 느껴졌다.

그 때문인지 중부 전선의 의문의 괴수 레이드가 끝난 뒤, 여러 가지 루머가 퍼지기 시작했다.

그중 하나는 이번 봉래호 괴수가 사실은 실제 몬스터가 아니라 정부와 헌터 협회로 인해 만들어진 허상이라는 것이었다.

홀로그램 기술을 이용해 가짜 몬스터를 만든 뒤, 마치 실제 몬스터를 퇴치한 것처럼 꾸몄다는 것이다.

그리고 또 다른 루머로는 첫 번째 루머와 연계돼 있었다.

헌터 협회와 정부가 새롭게 S등급 헌터가 된 언체인 길드의 길드장 정재식을 띄우기 위해 가짜 몬스터를 만들어 낸 것이라는 소문이었다.

하지만 이러한 소문은 극히 일부 사람들 외에는 어느 누구도 믿지 않았다.

그도 그럴 것이, 재식의 경우 이번 봉래호 괴수 이전에 이미 7등급 보스 몬스터인 어스 드레이크를 잡은 경력이 있기 때문이었다.

이미 그러한 성과를 낸 헌터에게 군이 후폭풍을 감수하면서까지 띄워 줄 필요가 없었다.

그렇기 때문에 별달리 소문이 크게 퍼져 나가지 않을 수 있던 것이다.

어쨌거나 이러한 루머가 나온 이면이 있었는데, 바로 봉래호 괴수에게서 얻은 부산물이 하나도 없기 때문이었다.

보통 몬스터를 사냥하면 적든 많든 그 부산물이 나오기 마련이었다.

그런데 이번에는 단 하나도 나오지 않아 사람들의 관심과 의문을 받게 되었고, 결국 음모론자들이 나타나기 시작한 것이다.

*　　　*　　　*

드르륵!

대한민국 헌터 협회장인 김중배는 의자를 바짝 당겨 앉으며 재식을 쳐다보았다.

"어찌, 안 되겠나?"

김중배는 조심스럽게 재식을 보며 물었다.

"음!"

재식은 협회장인 김중배의 물음에 묵직한 신음을 흘렸다.

그럴 수밖에 없는 것이, 현재 자신이나 언체인 길드의 갈 길도 급하긴 마찬가지였다.

하루라도 빨리 백두산이 있는 양강도까지 수복하려면 이렇게 지체할 시간이 없었다.

그런데 문제는 협회장인 김중배의 의뢰를 마냥 거절할 수만도 없다는 것에 있었다.

재식이 김중배 협회장의 부탁을 거절할 수 없는 이유는 바로 현재 그의 도움을 많이 받고 있기 때문이었다.

국토 수복이야 언체인 길드가 했다지만, 점령한 지역을 지키는 것은 전적으로 그의 힘이라 할 수 있었다.

김중배 협회장은 소수인 언체인 길드만으로는 수복한 북한 지역을 방어할 수 없다는 것을 알고, 언체인 길드가 수복한 지역에 군인들을 파견했다.

물론 일부 헌터 협회 소속 헌터도 보내 부족한 전력을 메우며 지역 방어를 안정적으로 만들었다.

그렇기 때문에 재식은 자신을 도와주고 있는 헌터 협회와 군이 얼굴을 붉히고 싶지 않았다.

그러다 보니 한창 바쁜 와중에 협회장의 부름을 듣고 잠시 서울로 온 것이기도 했다.

"아무리 생각해 봐도 아티팩트 제작은 어렵겠습니다."

한참을 숙고하던 재식은 헌터 협회의 아티팩트 제작 의뢰를 받지 않기로 했다.

대신에 미리 생각해 둔 다른 대안을 언급했다.

"대안이 하나 있는데…… 아티팩트는 아니지만, 제작해 둔 아이템이 있는데 그것은 어떻습니까?"

재식은 아티팩트와는 차이가 크지만, 활용하기에 따라선 그 이상으로 활용할 수 있는 아이템을 입 밖으로 꺼냈다.

"아이템? 아, 그게 있었지!"

김중배는 재식이 자신의 의뢰를 거절한 것에 대해 조금 난감한 표정을 짓다가 그가 아이템을 언급하자 눈을 번쩍 떴다.

그렇지 않아도 아이템에 대한 것도 이야기를 하려고 하던 참이었다.

현재 재식은 한 달에 30개 정도의 아이템을 헌터 협회로 넘기고 있었다. 그런데 아이템의 인기가 높다 보니, 공급에 비해 그걸 원하는 수요가 넘치는 중이었나.

특히나 대형 헌터 길드들의 입장에선 아티팩트를 구입할 수 있는 자금력이 되지만, 그보다 작은 중소형 길드의 입장에선 예산을 아끼고 아껴 겨우 하나둘 장만할 정도다.

그런데 그런 상황에서 나타난 아이템은 아티팩트에 비해 성능은 조금 떨어지지만, 범용성이 뛰어나고 가격이 저렴했다.

그것도 그냥 단순한 차이가 아니었다.

아티팩트에 비해 월등히 저렴하고 성능은 아주 살짝 떨어지다 보니, 여러 중소형 길드에게는 한 줄기의 빛과 같았다.

다만, 마력 소모가 많다는 것이 약간의 흠이었지만, 그것도 감내할 수 있을 정도로 뛰어난 물건이란 사실은 변하지 않았다.

사실 아이템이 나온 초반에만 해도 대형 길드에서는 그걸 눈여겨보지 않았다.

한데 중소 길드들은 이렇게 저렴한 아이템을 이용해 무력을 키웠고, 결국 자신들의 턱밑까지 쫓아오게 되었다. 그걸 뒤늦게 알아차린 대형 길드에서도 본격적으로 아이템 구입에 나서기 시작했다.

그러다 보니 공급은 한 달에 30개 정도로 정해져 있는 반면, 수요는 폭발적으로 늘게 된 것이었다.

특히나 일부 대형 길드는 길드원 모두에게 아이템 착용을 끝내고서도 계속해서 구입을 멈추지 않았다.

이는 아이템이 필요해 그런 것이 아니라, 다른 대형 길드나 자신들의 뒤를 쫓아오는 중소형 길드를 견제하기 위해 그러한 것이었다.

하나 이런 상황이 지속되니 꼬리가 잡히고 말했다.

이를 알아차린 헌터 협회는 방법을 고심하다가 좋은 방법을 떠올렸다.

바로 재식과 계약할 때 공급받은 아이템을 위탁 판매로 돌리면서 대형 길드가 아닌 이제 갓 헌터가 된 이들에게 우선권을 주기로 결정한 것이다.

이는 헌터들의 생존율을 높이려는 헌터 협회와 재식의 생각이 맞아떨어지기에 원활하게 이루어질 수 있었다.

하지만 그렇다 보니 뜻밖의 현상이 벌어졌는데, 재식이나 헌터 협회도 예상하지 못한 일이었다.

그 현상이란 헌터 협회로부터 아이템을 구입한 이들에게 길드들이 붙어 스카우트를 해 간다는 것이었다.

다만, 문제가 하나 있었다.

아이템을 가지고 있으면 헌터 길드에서 스카우트 제안을 받는 일이 늘어났고, 또 헌터 길드에서 아이템을 보유한 헌터에게 유리한 조건으로 길드 가입을 권유한다는 것이었다.

그때부터 너나 할 것 없이 어떻게든 아이템을 구입하기 위해 헌터 협회로 몰려드는 등의 품귀 현상이 벌어지고 있었다.

이 때문에 밑에서 올라오는 보고가 끝이 없었고, 김중배 협회장도 골머리를 앓는 중이었다. 그러다 보니 그는 언제 한 번 날 잡고, 아이템 공급을 늘려 줄 수 없냐는 부탁을 하려 하였다.

그런데 이렇게 먼저 이야기를 꺼내니 말을 하기가 한결 편해졌다.

"그렇지 않아도 아이템에 관해서도 언제 한 번 이야기를 하려고 했네. 지금 한 달에 한 번씩 30점의 아이템들을 위탁판매하고 있는데, 그것의 수량을 좀 늘려 줄 수는 없나?"

"흠!"

재식은 협회장의 물음에 잠시 생각해 보기로 했다.

솔직히 아티팩트가 아닌 아이템 정도라면 수량을 늘려 공급하는 것은 큰 문제도 아니었다.

이제는 운용할 수 있는 최대 마력도 늘고, 또 운용하는 요령도 생겼기에 처음 아이템을 만들 때보다 더 빠르고 더욱 많은 아이템들을 제작할 수 있었다.

그렇지만 그렇게 하지 않은 것은 재식이 전적으로 아이템이나 아티팩트 제작에만 몰두할 수는 없기 때문이었다.

'조금만 늘려도 될 것 같기는 한데……'

현재 진행하고 있는 국토 수복 계획은 자신이 며칠 더 빠진다 해서 계획에 큰 차질이 생길 거 같지는 않았다.

그도 그럴 것이, 현재 언체인 길드의 몬스터 공대는 세 개로 늘어났다.

처음 북한에 들어갈 때만 해도 두 개에 불과하던 공대였지만, 국토 수복을 하는 와중에도 꾸준히 모집을 해 온 덕분이었다.

그뿐만 아니라 이번 중부 전선에서 벌어진 재앙급 몬스터 레이드에서 활약하는 재식의 모습이 전국으로 퍼져나가며 언체인 길드의 이름이 높아졌고, 그로 인해 언체인 길드에 가입 신청을 하는 헌터들의 숫자가 늘어났다.

더욱이 언체인 길드는 가입만 해도 아이템을 대여해 주고 있기에 더욱더 각광받고 있었다.

그런 이유로 사람이 늘다 보니, 인원을 분류해야 될 필요성을 느끼게 되었다.

그런데 때마침 중부 전선에서 재앙급 몬스터가 나타났다는 소식이 들려왔다.

하여 재식이 봉래호로 떠나면서 잠시 국토 수복 계획이 멈추었을 때, 부길드장인 재환이 새로 가입한 길드원들을 훈련시키게 되었다.

하나 예상보다 봉래호 괴수를 빠르게 퇴치하는 바람에 완벽하게 훈련을 마치지 못했지만, 이미 상당한 실력을 가지게 된 김재환은 그 짧은 기간 동안 알짜배기를 골라낼 수 있었다.

그렇게 골라낸 이들을 길드 본부에 설치된 시뮬레이션 장치를 이용해 훈련시키고, 개중 자질이 있는 이들을 데리고 전초기지로 데려왔다.

비록 새로 북한 지역에 합류한 헌터들은 시술을 받지 않아 특별난 것은 없지만, 그런 헌터라도 현재 여러 곳에 분포된 방어진지를 지키는 데는 이상이 없었다.

아무리 헌터 협회의 협조로 군인들을 받아들였다고는 하지만, 일부 헌터 협회 소속 헌터들과 군인들만으로는 전초기지 전부를 담당하기에는 숫자가 너무나 적었다.

아니, 인원은 넘쳐나지만 정작 몬스터가 쳐들어왔을 때 방어할, 핵심 전력이 부족하다는 말이 더 어울렸다.

그런 때에 신입들이 투입되었으니, 인력난을 어느 정도 해소할 수 있게 되었다.

그로 인해 언체인 길드의 간부와 협회에서 파견된 헌터, 그리고 무엇보다 일반인인 군인들이 안도할 수 있게 되었다.

"아이템의 공급 수량이 늘어나면, 우선적으로 협회에서 헌터의 숫자를 늘리려고 하네."

김중배는 협회의 계획에 대해 이야기 하였다.

재식과의 계약을 통해 수복하는 땅이 늘어나게 될 것이고, 그렇게 된다면 헌터 협회가 해야 할 일도 그만큼 늘어나게 될 것이었다.

이후에 북한 지역에는 자치권을 인정받는 대형 길드들이 늘어날 것이었다.

그들을 견제하기 위해선 헌터 협회의 힘도 그만큼 늘어나야 원만하게 통제할 수 있으니 이는 당연한 일이었다.

사실 김중배는 정부의 황당한 계획 때문에 시작된 국토 수복으로 인해 혹시나 대격변 초창기처럼 혼란스런 상황이 다시금 벌어질지도 모른다는 생각을 가지고 있었다.

대격변 당시 대한민국은 물론이고, 전 세계적으로 많은 혼란이 있었다.

생전 처음 보는 괴물이 나타나고 사람을 죽이는데, 당연한 일이었다. 하지만 몬스터와 차원 게이트뿐만이 그 이유는 아니었다.

사회를 혼란하게 만든 것은 몬스터보다 같은 인간에 의해서 벌어져 왔다.

당시에 몬스터와 함께 갑자기 각성자들이 나타난 것이 그 시작이었는데, 오히려 유전자 시술로 탄생한 헌터는 당시만 해도 군대에 소속되어 있어 강력한 통제를 받아 왔다.

그들은 인류의 적인 몬스터와 싸우는 최전선에 있다 보니 오히려 사람들을 안정시키는 역할을 톡톡히 했다.

물론 일부 시술 헌터 중에서도 부작용으로 발작을 일으켜 사고가 발생하기는 했지만, 각성 헌터로 인한 사고에 비하면 조족지혈이었다.

각성 헌터로 인해 벌어진 사고의 경우 통제되지 못한 힘이 무분별하게 사용되다 보니, 주변에 엄청난 피해를 야기했다.

그러다 시간이 흐르면서 각성 헌터들도 자신의 힘을 통제하는 방법을 찾고서야 혼란이 차츰 줄어들기 시작했다.

한데 그런 문제가 해결되자, 또 다른 문제가 튀어나왔다.

바로 일부 헌터들 중 자신들이 일반 사람들에 비해 선택받은 존재라는 선민의식이었다.

때문에 그걸 추종하는 이들은 그릇된 생각을 품기 시작했다.

헌터란 선택받은 존재이기에 능력이 없는 일반인들은 지배를 받아야 한다는 말도 안 되는 생각을 말이다.

그런데 실제로 일부 지역에서는 헌터들이 일반인들을 지배하려는 일을 시도하기도 했다.

다행히 그러한 사고를 갖은 헌터가 그리 많지 않아 금세 퇴치되기는 했지만, 일부 헌터들은 헌터 협회의 감시망을 빠져나가 헌터 범죄자가 되었다.

이런 이들을 일컬어 바로 빌런이라 불렀다.

각국 정부는 이러한 빌런들을 막기 위해 직할 헌터 부대를 만들기도 하고, 또 협회를 통해 헌터들을 통제하기도 했다.

그럼에도 불구하고 일부 각성자는 몬스터 헌터와 빌런 사이를 오가며 사람들의 눈을 피해 세력을 확장하였고, 기득권 세력에 깊숙이 침투한 상태였다.

그렇기 때문에 헌터 협회나 정부들은 이런 빌런을 막기 위해 은밀히 힘을 쏟았다.

특히 한국의 경우 헌터들의 특권 의식이 무척이나 강하고, 또 이들에 대한 정부 특혜가 많아 점점 통제가 어려워지고 있었다.

그러던 차에 김중배 협회장은 뜻하지 않게 재식이 아티팩트를 제작할 수 있다는 정보를 듣고 이를 적극적으로 활용할 계획을 세웠다.

하지만 시간이 흐르고 자신이 만든 아티팩트의 가치를 뒤늦게 깨달은 재식으로 인해 김중배의 계획은 수포로 돌아갔다.

하나 헌터 협회장인 김중배는 아직도 아티팩트나 헌터 장구류의 유통을 헌터 협회가 손에 쥐고 있어, 헌터들을 통제해야 한다고 믿고 있기에 계속해서 기회를 엿보고 있었다.

그리고 지금 제식과 관계가 원만해지자 다시 한번 부탁을 하는 중이다.

"아직은 알려지지 않았지만, 정부의 북한 지역 수복 계획이 밀표된 이후 빌런들의 활동이 다시금 활발해지는 움직임이 포착되었네."

"빌런이라……."

재식은 지금까지 잊고 있던 게 무엇인지 생각났다.

빌런들의 범죄는 비단 헌터만이 아닌, 대상을 가리지 않고 무차별적으로 이루어졌다.

자신이 이렇게 장기간 외부에 나가 있을 때, 부모님이 빌런의 범죄 대상이 될 수도 있었다.

물론 그에 대한 대비를 해 두고 있긴 하지만, 그렇다고 자신이 곁에 있는 것보다 안심이 될 수는 없었다.

더욱이 현재는 길드의 힘을 모두 끌어모아 북한 지역 수복을 위해 총력을 기울이고 있는 상황이었다. 그러다 보니 사고가 터지더라도 쉽게 몸을 뺄 수도 없는 일이기에 잠시 고민해 보았다.

'길드원들도 이미 북한 지역에 들어와 있는 상태이니, 헌터 협회의 인원을 붙이면 좋지 않을까?'

부모님에게 아티팩트를 만들어 드리기는 했지만, 재식은 그것만으로는 안심이 되지 않았다.

게다가 원거리에서 부모님을 경호하던 인원까지 철수시킨 마당에 그것만 믿고 있을 수는 없다는 판단이 들어, 자신이 가진 것을 내걸고 김중배 협회장과 그 문제를 협상해 보기로 하였다.

"그럼 한 번 얘기해 보죠."

그렇게 시작한 협상은 성공적으로 이루어졌다.

재식은 김중배 협회장의 요구대로 20점의 아이템을 추가해 총 50점의 아이템을 매달 넘기기로 하였다.

거기에 추가로 공급하는 20점의 아이템에 대한 처분권은 전적으로 헌터 협회에 일임하기로 했다.

그리하여 판매 대금만 제대로 정산된다면 재식은 이에 대해 어떠한 관여도 하지 않기로 하였고, 대신 헌터 협회는 재식이 북한 지역 국토 수복을 끝내고 돌아오는 시점까지 그의 부모님에 대한 경호를 책임지기로 하였다.

그러한 약속을 믿고 재식은 20점이나 늘어난 아이템을 한 달에 한 번씩 헌터 협회로 납품하기로 계약을 수정했다.

그렇게 늘어난 아이템이 김중배 협회장의 말처럼 빌런들의 준동을 막기 위한 도구로 사용될지, 아니면 그냥 헌터 협회장인 그의 자리를 지키는 도구로 사용될지는 이젠 재식의 손을 떠난 것이다.

재식은 그런 것에 관심이 없었다.

그저 약속만 지켜지면 되는 것이니.

어쨌든 이번 재계약으로 재식은 자신이 맡은 구역으로 좀더 많은 헌터와 군대가 들어오고, 또 자신이 집에 없는 동안 부모님의 안전을 약속받았다.

그 대가로 겨우 20점의 아이템 공급은 재식에게 별로 힘든 일도 아니었다.

*　　　　*　　　　*

한 달 가까이 휴식을 취하고 있던 언체인 길드는, 길드장인 재식이 헌터 협회를 다녀온 뒤 바로 몬스터 사냥을 시작하였다.

그런데 재식은 혼자 돌아온 것이 아니라 헌터 협회에서 파견된 헌터들과 함께였는데, 재식을 기다리던 전초기지의 모든 사람들은 그걸 보고 깜짝 놀랐다.

재식과 함께 전초기지로 온 이들은 바로 팀 유니콘의 또 다른 전대였기 때문이다.

원칙대로라면 그들은 지금쯤 해외 파견을 나가 있어야 했다.

하지만 협회장인 김중배는 전국에 있는 헌터들이 이번 국토 수복 동원령으로 빠진 관계로 정부의 이번 계획이 끝나는 시점까지는 팀 유니콘 전대의 해외 파견을 일시적으로 중단하기로 했다.

대신 조금이라도 빠르게 국토 수복을 끝내기 위해 팀 유니콘 전대 중 가용할 수 있는 전대를 파견하기로 하였다.

사실 이러한 발표는 팀 유니콘 전대를 재식이 수복하고

있는 지역에 파견 보낼 명분을 만들기 위해서였다.

재식이 아이템 공급을 늘려 주는 대신 부모님의 안전과 이곳으로 헌터들을 파견해 준다는 조건의 계약이었다.

그런데 이들이 파견될 것은 재식도 예상하지 못한 일이었다.

재식이 원한 것은 헌터 협회에 소속된 평범한 헌터였지, 팀 유니콘 전대를 원한 것은 아니었다.

연인인 최수연에게 듣기로는 팀 유니콘 전대가 한 번 파견될 때 벌어들이는 의뢰 비용이 웬만한 중형 길드의 한 달 수익만 하다고 들었기 때문이다.

물론 지금 벌이고 있는 국토 수복이 전적으로 언체인 길드만의 일은 아니었다.

헌터 협회도 일정 부분 지분이 있는 일로 그렇지 않아도 이미 한 개 전대가 파견 나와 있었다.

그럼에도 불구하고 다시 이곳으로 팀 유니콘 전대 하나를 더 파견 보낸다는 발표에 일부 헌터 길드에서 불만의 목소리가 나오기는 했지만, 김중배 협회장이 내세운 명분 때문에 그 말이 쏙 들어갔다.

중부 전선에서 팀 유니콘 두 개 전대의 레이드 능력을 보았고, 또 현재 헌터들 사이에서 가장 인기 있는 아이템의 판매를 헌터 협회에서 하다 보니 이제는 대형 헌터 길드라도 딴지를 쉽게 걸 수가 없게 되었다.

그러다 보니 이번 팀 유니콘 전대 파견은 작은 반발로 그쳤다.

그렇게 명분에서 이기고 들어가 버리니 헌터 협회의 뜻대로 일이 진행되었고, 재식의 행보도 더욱 탄력 받을 수밖에 없었다.

최상급 물의 정령인 슈마리온에게 인계받은 정령수의 씨앗을 심기 위해선 다른 곳에서 밀고 올라오는 헌터 길드들보다 먼저 백두산 인근 지역을 수복해야만 했다.

만약 다른 곳에서 먼저 그 지역을 수복하게 되면, 계획의 변경이 불가피하기 때문이었다.

그런데 그냥 일반적인 헌터 지원도 아니고, 팀 유니콘 한 개 전대가 지원을 오게 되었으니 재식은 국도 수복에 더욱 박차를 가했다.

"와, 이거 너무 빠른 것 아냐?"

주성은 옛 평안남도와 평안북도의 경계 지역인 개천에 도착하고 작게 중얼거렸다.

그도 그럴 것이, 지금 언체인 길드를 주축으로 모인 집단이 다른 대형 길드가 포함된 헌터 집단에 비해 너무나 빠르게 북한 지역을 수복하고 올라온 상태였다.

몇 만 명이나 되는 인원을 가진 동부 전선의 헌터들은 이제 겨우 강원도를 지나 함경남도의 가장 밑인 고원군에 도착했고, 한때 물의 최상급 정령 슈마리온의 출현으로 주춤

하던 중부 전선의 경우에는 황해북도 곡산군에 도착을 했다.

그리고 언체인 길드의 옆에 있던 서부 전선은 중부 전선과 인접한 연산군에 위치해 있었다.

헌터의 규모를 비교하면 거의 여덟 배 정도의 차이를 보임에도 불구하고, 언체인 길드와 헌터 협회 직할팀 두 개 전대의 활약상은 대형 길드가 포함된 세 전선의 어느 집단보다도 엄청난 성과를 보여 주고 있었다.

이 때문에 요즘 언체인 길드와 팀 유니콘 두 개 전대는 엄청난 숫자의 몬스터와 연일 전투를 벌였다.

헌터들이 정부의 국토 수복 계획을 치르면서 북으로 밀고 올라가자, 몬스터의 일부는 그 숫자에 놀라 북쪽으로 도망갔다.

그러다 보니 가장 선두에 서 있는 언체인 길드에게 가장 많은 몬스터가 몰릴 수밖에 없었다.

국토 수복 초기에는 그래도 몬스터들이 넓게 퍼져 있어 그럭저럭 사냥이 편했지만, 이제는 하루에도 천 마리가 넘는 몬스터와 전투를 벌이다 보니 강인한 언체인 길드와 모두가 고위 헌터인 팀 유니콘 전대도 지쳐 갔다.

"길드장, 우리 너무 무리하는 거 아냐? 이 정도면 충분히 빠르잖아. 이제 슬슬 속도 좀 줄이자고."

주성은 자신의 옆에 서 있는 재식을 보며 물었다.

하지만 주성의 질문을 받은 재식은 쓰게 미소를 지으며 대답하였다.

"빠르기는 하지만, 아직 멀었어요."

"아직 멀어?"

"예. 최대한 빠르게 백두산까지 가야 하는데……."

"백두산? 거긴 갑자기 왜? 뭐라도 있는 거야?"

주성은 이야기를 하던 중 재식이 백두산을 언급하자, 의아한 표정을 하며 물었다.

"예. 백두산에서 해야 할 일이 있는데, 만약 그 지역을 다른 대형 길드가 먼저 차지하게 되면 상당히 골치 아파질 것 같습니다."

재식은 주성의 질문에 대답해 주었다.

그러자 그는 고개를 갸웃거리며 다시 물었다.

"그게 우리 길드의 행보와 연관이 있어?"

"물론이죠. 제가 의뢰를 하나 받았는데, 만약 그게 잘 해결이 되면 우리 언체인 길드는 막강한 조력자를 얻을 수 있게 될 겁니다."

재식은 한 달 전, 물의 최상급 정령인 슈마리온에게서 받은 의뢰에 대해 간략하게 들려주었다.

그리고 당시 슈마리온은 재식에게 정령수의 씨앗을 넘기며, 그것을 4대 속성이 모두 모인 안전한 땅에 심어 줄 것을 부탁했다.

이런 슈마리온의 부탁을 재식은 지금 주성에게 의뢰라는 이름으로 설명했다.

헌터 길드도 종종 의뢰를 받기도 하고, 다른 헌터들에게 의뢰를 하기도 했다.

그러니 길드장인 재식이 의뢰를 받은 것은 그리 이상한 일로 여겨지지 않았다.

다만, 재식이 자신들과 북한 지역을 수복하는 일과 중부 전선에 나타난 재앙급 몬스터 레이드에 참가하느라 바빴는데, 또 언제 백두산과 연관된 의뢰를 받은 건지 알 수가 없을 뿐이었다.

"그 바쁜 와중에 언제 또 그런 의뢰를 받았데?"

주성은 재식의 말에 고개를 절래절래 흔들었다.

재식의 말대로 의뢰를 완수하고 강력한 조력자를 얻는 것은 분명 좋은 일이었다.

하지만 연일 계속되는 수천 마리의 몬스터와 전투를 치르느라 헌터들이 상당히 지쳐 있다는 것이 문제였다.

특히나 이제는 몰려드는 몬스터의 수준이 초기에 상대하던 몬스터보다 등급이 높아져 쉽지 않았다.

"뭐, 아직 급한 것은 아니니……."

재식은 이야기를 하다 말고 잠시 끝을 흐렸다.

"정 급하다 싶으닌 나 혼자 백두산까지 가서 정령수의 씨앗을 심고 오면 되고."

뒷말은 옆에 있는 주성조차 듣지 못할 정도로 아주 작은 목소리로 중얼거렸다.

세 개의 전선 중에서 동부 전선이 가장 북쪽으로 진출하고 있기는 했지만, 겨우 강원도를 벗어난 정도이기에 시간적 여유가 있었다.

다만, 자신이 있는 개천에서 백두산까지의 거리가 동부 전선의 헌터들이 진출한 고원군보다 멀리 떨어져 있다는 것이었다.

그렇지만 재식은 이도 크게 걱정하지 않았다. 아무래도 수만 명의 헌터가 함께 움직이는 동부 전선이다 보니 이동하는 시간이 많이 소요되는 반면, 자신들은 소수여서 이동이 상당히 빨랐다.

그리고 만약 시간을 맞추기 힘들다면 길드원들은 놓고 자신만 움직여도 되는 문제이기에 재식으로서는 그리 급하다는 생각이 들지 않았다.

다만, 뒤에 남겨지는 사람들이 몬스터로부터 안전할지가 가장 우려되었지만, 그곳에 남아 있는 헌터와 기관포를 운영하는 군인들을 믿었다.

아니, 믿을 수밖에 없었다.

만약 백두산을 다른 헌터 길드에게 빼앗기면, 슈마리온의 의뢰를 위해 많은 시간과 노력을 다시금 기울여야 하기 때문이었다.

"그렇지 않아도 요 며칠 고생했으니, 잠시 정비하는 시간을 갖는 것도 좋을 것 같습니다."

재식은 주성과 쓱, 주변을 돌아보며 이야기를 하였다.

잠시 훑었을 뿐인데, 멀쩡한 표정의 헌터들이 보이지 않았다.

지금까지 몬스터를 사냥하며 이곳 개천까지 단걸음에 올라왔다.

정말이지 뒤도 돌아보지 않고 달려온 것이다.

국토 수복 초기에는 안정적으로 전초기지를 세우며 천천히 수복지역을 늘려갔지만, 슈마리온으로부터 의뢰를 받은 뒤로 재식은 조금 급하게 달린 경향이 없지 않았다.

그러다 보니 헌터들도 지쳐 갔고, 또 전초기지를 건설하는 건설 노동자들도 덩달아 급히 작업을 하느라 몸을 가누지 못할 지경이었다.

그래서인지 초기에는 보이지 않던 몬스터로부터의 위협이 종종 일어나기도 했다.

다행이라면 근처에 언체인 길드원들이 있어 인명 사고로까지는 이어지지는 않았지만, 그래도 한동안 접하지 않던 몬스터를 보게 된 건설 노동자들의 동요는 쉽게 가라앉지 않았다.

그로 인해 재식은 동요하는 건설 노동자들을 달래기 위해 어쩔 수 없이 더 많은 수당을 보장하고, 안전에 만진을 기울이겠다는 약속도 하였다.

　재식의 이러한 약속 때문에 그나마 건설 노동자들의 불만이 사라졌다.

　또 그동안 재식이 약속한 것은 확실하게 지킨 것을 안 그들은, 다시금 안심하고 본연의 일에 집중해 전초기지를 건설했다.

　하지만 그렇다고 언체인 길드의 행보가 늦어진 것은 아니었다.

　아무리 기지 건설이 미리 만들어 둔 블록을 가져다 붙이는 조립식으로 만든다고 해도 콘크리트가 양생이 되는 시간은 어떻게 할 수 있는 것이 아니기에 헌터는 물론이고, 언체인 길드와 함께하는 모든 이들까지 지친 상태였다.

　재식은 헌터와 건설 노동자들의 이런 사정을 알기에 적당한 때, 한 번 휴식을 취하려고 하였다.

　그리고 바로 지금이 그때라는 것을 느꼈다.

　"일단 모든 작업을 멈추고, 길드원과 헌터들에게 휴식을 주기로 하죠."

　"그래, 그렇지 않아도 많이 지쳐 있어서 내가 이야기를 하려던 참이었거든."

　주성은 재식의 이야기에 고개를 끄덕이며 말을 하였다.

　"그럼 난 좋은 소식을 전달하러 갈게."

　"네. 아참, 가면서 재환 형님 좀 불러 주세요. 그리고 헌터 협회에서 나온 팀 유니콘의 전대장님들에게도 좀 보자고 전해 주세요."

재식은 주성의 뒤에 대고 그렇게 부탁을 하였다.

"알았어!"

멀어지는 주성의 발이 그 어느 때보다 빠르게 움직였다.

주성이 시야에서 완전히 사라지자, 재식은 고개를 돌려 저 멀리 백두산이 있는 쪽을 바라보며 생각에 잠겼다.

10. 정령수가 자라면서

휘이잉!

천지가 내려다보이는 백두산 꼭대기.

그곳은 매서운 겨울바람이 칼날처럼 불어오고 있었다.

재식은 대한민국에서 손꼽히는 강자고 인간을 초월한 헌 터였으나, 자연 앞에선 그저 한낱 미물에 불과한 것인지 본 능적으로 옷깃을 여몄다.

"음, 드디어 도착했구나."

낮게 중얼거린 재식은 지난 몇 개월간의 대장정을 떠올려 보았다.

"어찌 보면 시작부터가 천운이었지."

정부가 몬스터에 의해 무너진 북한 지역을 수복하기 위해 국토 수복 계획이라는 것을 발표했다.

그 후, 수개월의 준비 기간을 가진 뒤, 헌터 협회에 등록된 전국의 헌터 중 게이트 브레이크를 막을 최소한의 인원만 남기고 총동원령을 발령했다.

이에 따라 집결지에 모인 헌터들은 동부, 중부, 서부, 이렇게 세 곳으로 나눠 몬스터 왕국이 된 북한 지역을 몬스터로부터 탈환하기 위해 대대적으로 몬스터와 전쟁을 벌였다.

하나 재식은 자신이 설립한 언체인 길드와 헌터 협회장인 김중배와의 협상을 통해 지원을 받고, 이들과는 다른 방향에서 정부의 국토 수복 계획에 참여하였다.

대부분의 헌터나 헌터 길드들은 동원령으로 인해 수동적으로 임했다.

그러나 재식은 그들과 전혀 다른 모습을 보였다.

이제 막 헌터 길드를 설립한 그에게는 정부의 발표가 절호의 기회라 생각했기 때문이다.

그렇기에 보다 능동적으로 움직였고, 헌터 협회를 끌어들여 남들보다 빠르게 북한 지역을 수복해 나갔다.

정부의 발표 초기부터 계획을 세웠다고는 하지만, 그 과정이 쉽지만은 않았다.

그도 그럴 것이, 언체인 길드는 생긴 지 1년도 되지 않은 신생 길드였다.

또 헌터 협회가 지원해 준다고는 하지만, 특정 길드만 지원하는 것은 자칫 대형 길드들의 견제를 받을 수 있기에 지원은 매우 한정적이고 조심스러웠다.

그럼에도 재식과 언체인 길드는 적은 인적 자원에도 불구하고, 다른 곳보다 훨씬 빠르게 북한 지역을 수복했다.

그리고 나서는 안정적으로 그곳에 방어진지를 건설하였다.

사실 이 방어진지를 건설한 것이 신의 한 수였다.

다른 헌터 길드나 헌터들은 재식과 언체인 길드처럼 수복 지역에 전초기지를 건설하지 않았다.

그 때문에 그들은 국토 수복 계획이 지행되는 초기에 많은 어려움을 겪었다.

몬스터를 밀어내고 땅을 수복한다고 해도 다음 날이면 다시 몬스터가 몰려와 그 지역을 뒤덮는 일이 허다했으며, 또 대대적으로 토벌하여 그 지역에 헌터들이 주둔한다고 해도 밤낮으로 몬스터가 밀려왔다.

그러다 보니 아무리 많은 헌터가 있더라도 희생자가 나올 수밖에 없었다.

그에 반해 언체인 길드와 헌터 협회에서 파견 나온 헌터들은 재식의 계획으로 인해 빠르게 전초기지를 건설할 수 있었다.

덕분에 안정적으로 몬스터를 방어하는 것은 물론이고, 헌터들이 안심하고 쉴 수 있는 거점이 마련하였다.

안전한 거점이 있다는 것만으로도 헌터들은 긴장하지 않고 푹 쉴 수 있었고, 그러다 보니 적은 인원이지만 몬스터를 상대할 때는 언제나 최상의 컨디션을 가지고 전투에 임할 수 있었다.

이러한 것들이 있어 언체인 길드는 그 숫자가 적어도 가장 많은 성과를 낼 수 있는 것이었다.

뚜렷한 성과를 내고 있던 그들은 이후로도 좋은 일만 생길 것 같았으나, 뜻하지 않은 사고로 인해 잠시 국토 수복 계획이 중단되는 사태가 벌어졌다.

물의 최상급 정령인 슈마리온이 광기의 정령인 메드니스에 의해 정신이 오염되면서 일어난 일이었다.

오백의 헌터가 몬스터 사냥을 나가 겨우 몇 명만이 살아 돌아오는 큰 사건이었다.

그 때문에 국토 수복 계획은 잠정 중단이 되고, 재앙급 몬스터 레이드 공대가 급하게 꾸려졌다.

원래 재식은 레이드 공대에 호출이 되지 않았다.

원칙대로라면 S급 헌터인 재식도 차출이 되어야 맞았지만, 언체인 길드가 수복한 지역을 지키기 위한 전력이 부족하다고 판단한 김중배 협회장의 배려였다.

하지만 재식은 그러한 김중배의 배려보다는 연인인 최수연의 안위가 더 걱정돼 자진해서 재앙급 몬스터 레이드 공대에 참여하였다.

그로 인해 큰 피해 없이 원활하게 재앙급 몬스터 중 하나를 물리칠 수 있었다.

다만, 다른 사람들이 그것을 재앙급 몬스터로 생각하는 반면, 칸트라 차원의 정보를 누구보다 많이 알고 있는 재식은 그것이 오염된 최상급 물의 정령임을 알고 있었다.

또한 최상급 물의 정령을 오염시킨 존재가 그와 동급의 정신계 정령인 광기의 정령이라는 것을 알고 있었다.

그런데 재식이 물의 최상급 정령인 슈마리온을 도와 광기의 정령인 메드니스를 퇴치하는 과정에서 새로운 비밀을 알게 되었다.

첫째로 지구에 차원 게이트가 생기고 또 그 안에서 몬스터가 나오기 시작한 까닭을 알았다.

참으로 어처구니없는 이유였는데, 지금껏 있는지도 모르던 지구의 신이 인간의 진화를 위해 다른 차원의 존재와 계약하여 생긴 일이라는 것이었다.

둘째는 지구의 신과 계약을 한 칸트라 차원의 네 존재는 신이 아니지만 그에 버금가는 권능을 가지고 있으며, 그들의 종속들을 지구로 보내고 있다는 것.

그리고 마지막으로 셋째.

정말 다행스럽게도 그 신에 버금가는 존재들은 인간이 살고 있는 지구로 넘어올 수 없다는 사실이었다.

만약 그러한 자들이 하나라도 넘어오게 된다면, 그 순간 인류는 멸망할 것이었다. 실제로 칸트라 차원에도 원래 지구의 인류와 같은 존재들이 있었지만, 그들에 의해 멸종했다고 한다.

그런데 지구의 신과 계약을 통해 자신들의 종속들만 지구로 보낼 수 있는 그것들이 지구의 신 몰래 다른 생각을 가지고 있다는 것을 그때 알게 되었다.

물의 최상급 정령인 슈마리온의 정신을 오염시키던 광기의 정령 메드니스는 칸트라 차원의 네 지배자 중 마계를 다스리는 대마왕의 명령으로 온 정령이었다.

메드니스는 지구에 정령들이 살아갈 수 있게 만드는 정령수의 씨앗을 탈취하려 했다.

그리하여 마계의 존재들이 보다 강력한 힘으로 지구를 활보할 수 있게 하고, 궁극적으로는 대마왕의 아바타를 지구로 불러들이려고 했다.

만약 그러한 마계의 음모가 성공을 했더라면 가장 먼저 대한민국이 마계의 침공을 받아 멸망을 했을 것이다.

그리고 나면 차례대로 지구의 여러 나라들이 무너지면서 인류도 함께 멸종할 것이 분명했다.

재식은 작년 양평에 출현한 재앙급 몬스터인 어스 드레이크를 잡았다.

이후, 그것의 뇌와 심장을 먹고서 얻은 일부의 기억 속에 지배자라 불리는 비슷한 존재를 봤다.

다만, 그것은 마기를 품은 존재라기 보단 짙은 어둠과 광기를 가지고 있었다.

광기의 정령을 능가하는 흉포함과 광기를 풍기던 그 존재는 지금 생각해도 진저리를 칠 정도로 엄청난 위압감이 느껴졌다.

절로 몸을 낮추고, 고개를 숙이게 만들 정도로 말이다.

당시에는 몰랐지만, 슈마리온이 언급한 정령왕이나 마계의 지배자인 대마왕과 같이 칸트라 차원을 지배한다는 네 지배자 중 하나라는 것을 알아차릴 수 있었다.

그게 아니라도 오마르는 그 거대한 검은 존재를 생각할 때 무엇보다도 거대하고, 또 강한 존재로 그려지고 있었기 때문이다.

그렇게 생각하면 칸트라 차원을 지배한다는 네 지배자의 강함이 어느 정도인지, 간접적으로나마 짐작해 볼 수 있었다.

"휴~"

재식은 생각을 하다 말고 잠시 한숨을 쉬었다.

7등급 보스 몬스터, 어스 드레이크 오마르.

오마르는 너무나 강력해 수백 명의 6등급 이상의 고위급 헌티가 모여 레이드한 재앙급 몬스터였다.

그것도 인위적인 게이트 브레이크가 발생하여 제대로 힘을 수습하지도 못한 채 지구에 현신했는데 말이다.

그런 오마르를 잡는데도 그 정도로 많은 고급 인력이 투입되고 희생자가 나왔다.

물론 그 당시 재식과 지금의 재식은 능력의 차이가 하늘과 땅만큼이나 났다. 그래도 만약 오마르가 온전한 힘을 가지고 현신했다면, 최상급 물의 정령인 슈마리온과 그리 차이나지 않았을 것이다.

그런 생각을 해 보면, 칸트라 차원의 네 지배자에게는 슈마리온이나 오마르와 같은 강한 권속이 얼마나 많이 있을지 짐작할 수도 없고, 또 생각하기도 두려웠다.

생각해 보니 일본에 나타난 야마타노 오로치도 바로 그 거대한 흑룡의 권속 중 하나였다.

거대한 흑룡과 어스 드레이크 오마르의 대화를 상기하면, 야마타노 오로치와 오마르의 힘은 비슷했다.

덩치나 육체적 힘은 야마타노 오로치가 우세하지만, 오마르는 지능이 뛰어난 존재라는 것을 알 수 있었다.

그런 걸 따지면 어스 드레이크 오마르가 힘을 재대로 갈무리하지 못하고 게이트를 나온 것이 참으로 천운이라 할 수 있었다.

비록 어느 특정 헌터 길드의 욕심에서 비롯된 사건이지만, 어쨌든 재식은 그로 인해 많은 이익을 보았다.

재앙급 보스 몬스터를 잡은 슬레이어라는 타이틀과 함께 그 몬스터에 대한 소유권을 일부 인정받았다.

덕분에 구하기 힘든 어스 드레이크의 마나 하트를 가질 수 있었다.

그것은 재식이 가진 최대의 약점을 보완해 줄 수 있는 최고의 물건이었다.

그로 인해 재식은 누구보다 많은 마력을 가질 수 있게 되었다.

한계가 뚜렷해 몬스터 사냥을 할 때 언제나 조심해야 하던 약점도 극복할 수 있게 되었다.

한마디로 명예와 힘을 함께 얻은 것이다.

그와 함께 협회에서 어스 드레이크의 레이드에 참여한 헌터들에게 보상을 주기 위해 제작 의뢰를 했고, 그로 인해 재식은 막대한 부도 함께 얻었다.

이보다 좋을 수 없을 정도로 어스 드레이크 레이드 한 번으로 많은 것을 얻게 되었지만, 재식은 이에 안주하지 않았다.

계속해서 자신을 발전시키고 외부의 위협으로부터 자신과 가족을 지키기 위해 이번에는 길드를 만들었다.

자신과 인연이 있는 재환과 주성의 소식을 우연히 들은 재식은 조금 천천히 헌터 길드를 세우려 한 계획을 수정했다.

그렇게 재환과 주성이 꾸리던 헌터 공대를 끌어들여 헌터 길드의 기틀을 마련했고, 계속해서 인맥을 통해 인성이 바른 헌터들을 수시로 모집하였다.

일단 헌터만 모을 수 있다면, 그들을 쉽고 빠르게 키울 자신이 있었기 때문이다.

실제로 초기 언체인 길드에 가입한 헌터들은 불과 몇 달 만에 레벨이 아닌 등급이 오를 만큼 성장을 하였다.

그리고 국토 수복 계획을 진행하면서 언체인 길드의 헌터들은 급기야 고위급 헌터로 분류되는 6등급 헌터에 올랐다.

그것도 겨우 발을 들인 정도가 아니라 완숙의 경지라 할 수 있는 50레벨 중후반 정도로 레벨이 상승한 것이다.

이 정도면 혼자서 트롤 한두 마리는 충분히 사냥할 수 있고, 갓 성체가 된 오거도 사냥이 가능한 레벨이었다.

하지만 재식은 언체인 길드의 헌터들에게 몬스터를 상대할 때는 언제나 최소 두 명 이상이 사냥을 하도록 지시했다.

그것은 몬스터란 존재의 변수 때문이다.

놈들은 오랜 기간 연구되어 온 맹수와는 달랐다.

지구에 출현한 지 수십 년이 되었다고는 하지만, 아직도 몬스터에 대한 정보는 미비하여 제대로 알려진 것이 별로 없었다.

3등급 몬스터인 오크조차도 재앙급에 해당하는 7등급이 존재했고, 4등급이던 홉 고블린 챠콥은 마법이란 기술을 사용할 정도로 지능이 뛰어났다.

사실 수십 년간 몬스터를 상대하던 인류는 그들이 그저

흉포하고 살육만 하는 괴물로 알고 있었다.

그렇지만 지능이 인간에 육박하는 존재가 있을 것이라고 는 아무도 몰랐다.

물론 몬스터 중에도 인간과 비슷한 형상을 한 것들이 많았다.

하지만 그것들은 인간이라고 보기에는 괴기스럽고, 또 그리 똑똑하지 않았다.

그저 영화나 신화에 나오는 언데드를 보는 것처럼 살아 있는 것에 대한 막연한 적대감을 가지고 있었다.

그런데 홉 고블린 챠콥은 마법이라는 그들만의 기술을 수련하고 익혔으며, 더욱 강해지기 위해 생체 실험까지 할 정도로 지능이 뛰어났다.

이러한 사실을 알게 된 재식은 자신과 자신의 주변을 지키기 위해 알고 있는 것을 풀었다.

아티팩트를 제작하고, 아이템을 만들었다.

또 헌터들을 강화하고, 몬스터를 길들였다.

그럼에도 알면 알수록 막막해지기만 했다.

적이 하나둘 드러나고 숨겨진 진실을 듣고 나자, 자신이 가진 것이 너무나 작게 느껴졌다.

그나마 다행인 것이 최근에 하나 있었다.

바로 최상급 물의 성령인 슈마리온이 자신의 부탁을 들어 준다면, 정령왕 엘리오스 휘하에 있는 권속들은 인류를 적대하지 않겠다고 약속했다.

그리고 재식은 그런 슈마리온의 약속을 믿기로 했다.

챠콥의 기억을 일부 가지고 있는 재식이기에 정령이 하는 약속은 믿어도 된다는 것을 알고 있었다.

그러니 그 약속을 믿고, 이곳까지 뒤도 돌아보지 않고 달렸다.

슈마리온이 준 정령수의 씨앗을 심기 위해서 말이다.

물론 재식의 추측일 뿐이기에 이곳이 최적의 장소인지는 현재로서는 알 수 없었다.

하지만 자신이 알고 있고, 갈 수 있는 지역에 한해서는 슈마리온이 말한 조건과 가장 맞아떨어지는 곳은 바로 이곳 백두산뿐이었다.

휘이잉—

다시 한번 매서운 바람이 재식의 곁을 스치고 지나갔다.

"이제 심어볼까?"

자꾸만 떠오르는 상념을 뒤로하고 재식은 아공간에서 정령수의 씨앗을 꺼냈다.

그리고 나서 재식은 그것을 백두산 꼭대기 천지 가장자리에 묻었다.

이곳은 대지의 기운이 강한 산맥에 자리해 있고, 수원지도 있으며, 지대가 높아 강한 바람이 불고, 휴화산이라 불의 기운도 있었다.

정령수의 씨앗을 묻은 재식이 허리를 폈다.

"그럼 시작해 볼까."

재식은 슈마리온이 정령수의 씨앗을 재식에게 주면서 알려 준 주문을 눈을 감고 심상으로 읊조렸다.

'태초의 신이 정한 법칙에 따라 맹약의 존재가 약속된 존재를 소환한다. 슈마리온 소환!'

우웅!

푸르릌!

재식이 속으로 슈마리온과 약속한 스펠을 외치자, 갑자기 백두산 천지의 물이 출렁였다.

그리고 물방울이 허공으로 솟구치더니 몇 달 전에 본 거대한 날개 달린 용의 모습으로 변했다.

[드디어 불렀구나, 맹약자여.]

"그래. 네가 한 의뢰대로 정령수의 씨앗을 이곳에 묻었다."

재식은 슈마리온이 나타나자 정령수의 씨앗을 묻은 곳을 가리키며 대답하였다.

[고맙다.]

슈마리온은 재식의 대답을 듣고 그 큰 머리를 숙이며, 감사의 인사를 하였다.

[그럼 잠시만 기다려 다오.]

자신과의 약속을 이행한 재식에게 말한 슈마리온이 씨앗이 묻힌 곳으로 다가갔다.

정령수의 씨앗을 땅에 심은 것만으로는 싹을 틔우고 자라게 할 수 없었다.

정령수의 씨앗에서 싹을 틔우기 위해선 그만한 힘이 필요하였고, 이는 최상급 물의 정령인 슈마리온이라고 해도 혼자서 하기는 힘들었다.

그오오오!

슈마리온은 갑자기 고개를 하늘 높이 쳐들고 크게 하울링을 하였다.

재식이 느끼기에는 어떠한 존재를 부르는 신호처럼 들렸다.

그렇기에 인근에 서 있는 그에게는 어떠한 영향도 주지 않았다.

그리고 잠시 뒤, 물의 최상급 정령인 슈마리온의 인근에 새로운 존재들이 등장했다.

이제는 7등급 엘리트 몬스터 정도의 마력을 가지고 있는 재식이지만, 이들의 등장을 인식하지 못할 정도로 그 존재들의 등장은 너무나 갑작스러웠다.

'헉!'

하나하나가 최상급 물의 정령인 슈마리온에 버금가는 마

력을 뿜고 있는 존재들이었다.

활활 타오르는 화룡.

맑고 투명한 하늘색의 날개를 가진 여성.

그리고 마지막으로 단단한 바위로 이루어진 거대한 거북이.

이렇게 잡자기 나타난 세 존재가 재식을 둘러싸고 있었다.

껌벅! 껌벅!

재식은 자신의 두 눈을 믿을 수가 없었다.

조금 전까지만 해도 이 일대는 하얀 눈으로 뒤덮인 백두산 천지였다.

그런데 슈마리온과 다른 세 정령이 정령수의 씨앗에 마력을 뿜어내자 주변의 풍경이 확 바뀌었다.

마치 동화 속에 빠진 것 같았다.

씨앗을 심은 곳을 중심으로 정확하게 네 등분되어 있었다.

천지의 절반에는 용암이 들끓고, 그 옆에는 불과는 정 반대의 속성인 커다란 호수가, 또 꽁꽁 얼어붙은 땅은 어느새 녹아 평원이 펼쳐져 있으며, 그 옆에는 원래 있던 눈이 강한 바람에 휘날리고 있었다.

그리고 그 네 곳의 한가운데에는 보는 것만으로도 ㄱ 모든 것들을 압도할 크기의 커다란 나무가 자라나 있었다.

'이게 어떻게 된 거야?'

차원 게이트라는 것이 나타나면서 황당한 것들을 많이 보았지만, 지금 자신의 눈앞에 펼쳐진 풍경은 쉽게 적응하기가 힘들었다.

하나의 마을을 통째로 뒤덮을 것처럼 거대한 나무는 푸른 녹음으로 가득했고, 그것에서 느껴지는 생명력은 기억으로 잠시 본 칸트라 차원의 지배자를 능가했다.

'엄청나다.'

바라보는 것만으로도 경외감이 느껴지는 그것에 재식은 눈을 떼지 못했다.

[재식, 정신을 차려라!]

재식이 정령수의 기운에 함몰되는 것을 느낀 슈마리온이 골이 울릴 만큼 크게 소리쳤다.

재식은 지구인 중 최초로 최상급 정령과 맹약을 맺은 사이였다.

즉, 슈마리온은 맹약자인 재식을 도와야 했고, 지금같이 위험에 처할 때 구해 줄 의무가 있었다.

"휴~"

재식은 슈마리온의 외침에 정령수의 기운에 정신이 혼미해지던 것에서 겨우겨우 벗어날 수 있었다.

[내 부탁을 들어주어 정말로 고맙다.]

[불의 최상급 정령 오레오스다. 맹약을 맺고 싶다.]

[나는 바람의 최상급 정령인 셀레스트라고 해. 나랑 친구가 되지 않을래?]

[큼큼, 난 대지의 최상급 정령이고, 다리오라고 한다. 자네와 함께하고 싶네만.]

자신이 맡은 바 사명을 다한 정령들은 하나씩 재식에게 말을 걸어왔다.

그런데 새롭게 나타난 세 정령이 재식을 보며 맹약을 맺기를 원했다.

이에 재식은 순간 어떤 판단을 내릴지 분간이 되지 않아 고개를 돌려 자신과 맹약을 맺고 있는 물의 최상급 정령인 슈마리온을 쳐다보았다.

[내게 무슨 할 말이라도 있나?]

"응, 그런데 난 지금 너와 정령의 맹약을 맺고 있는데, 다른 정령과도 맹약을 할 수 있는 거야?"

자신을 둘러싼 세 정령이 모두 자신과 맹약을 하자고 하는 것에 의문을 품고 질문을 했다.

[그게 무슨 상관이지? 혹시 내게 미안한 마음에 그런 것이라면 상관없다. 어차피 우리들은 맹약자가 있어야만 이세계에 영향력을 행사할 수 있는 존재들이다. 정령에게 맹약자는 무척이나 중요하다. 그러니 아무런 걱정하지 말고 원한다면 받아들여도 상관없다.]

재식은 슈마리온의 대답을 듣고 자신이 잘못 생각하고 있다는 것을 깨닫게 되었다.

그리고 챠콥의 기억으로 단편적으로 알고 있던 정령과의 계약이 잘못 된 부분이 있다는 걸 알아차렸다.

[다만, 맹약을 맺더라도 현재 그대가 가진 마력으로는 우리 모두를 불러낼 수는 없을 거야.]

"그럼?"

[현재 그대가 보유한 마력이라면, 우리들 중 둘 정도는 충분히 불러낼 수 있을 것 같군.]

슈마리온은 재식의 질문에 친절하게 알려 주었다.

최상급 정령들인 이들을 한 번에 둘이나 소환할 수 있다는 소리에 재식은 속으로 깜짝 놀랐다.

몇 달 전 재식은 여러 헌터들과 합심해 최상급 정령과 전투를 벌였다.

물론 그 상대는 눈앞에 있는 슈마리온이지만, 정상적인 상태는 아니었다.

그리고 후반에는 슈마리온에 버금가는 광기의 정령인 메드니스와 전투를 벌였다.

물론 그때는 재식과 헌터들만이 아닌 슈마리온과 함께였지만 말이다.

어쨌든 두 번의 전투를 통해 재식은 최상급 정령의 힘이 어느 정도인지는 대충 알 수 있었다.

그런데 지금 정령수가 지구에 자리를 잡자, 이들에게서 느껴지는 힘은 그 당시 경험한 것 이상으로 아득해 보였다.

'최상급 정령이 이 정도인데…….'

재식은 최상급 정령들을 권속으로 두고 있는 정령왕, 그리고 그런 정령왕과 어깨를 나란히 하는 칸트라 차원의 다른 지배자들의 힘이 어느 정도인지 이제야 어림짐작할 수 있게 되었다.

이전에는 그저 막연하게 강하다고 생각한 것만으로도 벅찼는데, 이제는 더욱 확실히 체감하게 된 것이다.

[나와 맹약하자.]

[큼큼, 내 한마디 함세. 맹약을 해서 나쁠 건 없으니 일단 맺고 보지그래.]

[우유부단하군.]

재식이 슈마리온과 대화를 하고 또 생각에 잠기자 이를 참지 못한 다른 세 정령이 재식에게 맹약을 재촉했다.

"좋아!"

최상급 정령들의 힘을 알게 된 재식은 세 정령이 자신과 맹약을 맺기를 원하자 바로 수락을 하였다.

[그럼 나부터! 나 바람의 최상급 정령 셀레스트는…….]

"나 인간 재식은 바람의 최상급 정령 셀레스트와 영혼의 계약을 맺는다."

재식은 몇 달 전 슈마리온과 한 정령과의 맹약을 떠올리며 셀레스트와 맹약을 맺었다.

그리고 오레오스, 다리오와도 차례로 맹약을 하였다.

이로써 재식은 지구에서 4대 속성의 최상급 정령과 맹약을 한 유일무이한 정령사가 되었다.

이는 칸트라 차원에서 단 한 번도 나온 적이 없는 일이었다.

정령신의 축복을 받은 엘프조차도 나온 적이 없었다.

물론 그보다 높은 정령왕과 맹약을 한 존재가 없지는 않았지만, 그것과 이것은 달랐다.

그도 그럴 것이, 정령왕과 맹약을 맺은 존재는 사실 정령왕에 버금가는 존재였기 때문이다.

흑룡왕 앙칼리우로스 이전의 지배자는 황금룡 테세리우스로 둘은 성격이 전혀 달랐다.

황금룡 테세리우스는 인간으로 친다면 현자와도 같은 존재로 세계의 질서와 법칙을 수호하는 진정한 중간계의 조율자였다.

그렇기에 정령왕 엘리오스도 자신과 비슷한 성향을 가진 테세리우스와 친구로서 맹약을 맺은 것이었다.

하지만 순리에 따라 중간계의 절대자이던 황금룡 테세리우스도 다른 중간계 생명체들처럼 그 생명의 불꽃이 다해 사라지고 말았다.

그런 테세리우스의 뒤를 이은 흑룡 앙칼리우로스는 현자

와도 같던 테세레우스와는 전혀 다른 성격을 지닌 용이었다.

그는 중간계의 질서를 유지하기 위해선 질서를 어지럽히는 존재를 없애야 한다고 생각해 많은 생명들을 소멸시켰다.

그중 대표적인 것이 바로 칸트라 차원의 인간들이었다.

지구도 그렇지만 칸트라 차원의 인간도 무척이나 이기적이고 욕심이 많은 존재들이었다.

그렇기에 100년도 채 되지 않는 삶을 살면서도 인간들은 너무나 많은 것들을 파괴하고 더럽혔다.

뿐만 아니라 자신이 가진 것 이상의 것을 탐해 결국 중간계에 마계의 존재들을 불러들이기까지 하였다.

이에 참다못한 앙칼리우로스는 칸트라 차원에서 인간들을 소멸시키기로 결정을 하고 이를 실행하였다.

그렇지만 이런 앙칼리우로스의 판단은 칸트라 차원의 멸망을 알리는 방아쇠가 되었다.

흑룡왕 앙칼리우로스는 알지 못했지만, 칸트라 차원에서 신들이 떠나게 된 이유가 바로 칸트라 차원에서 인간들이 사라졌기 때문이다.

신이 존재하기 위해선 그들의 이름을 불러 주고 그들의 존재를 증명해 줄 신도들이 필요했다.

이 때문에 앙칼리우로스의 인간 말살 계획이 실행하기

전, 많은 신들이 자신의 사도들을 보내 이를 저지하려 하였다.

하나 중간계에서 온전한 힘을 사용할 수 없던 신의 사도들은 앙칼리우로스의 계획을 막지 못했고, 이로 인해 앙칼리우로스는 신들에 반발해 더욱 빠르게 인간들을 칸트라 차원에서 소멸시켰다.

그렇게 인간이 칸트라 차원에서 사라지자, 큰 변화가 칸트라 차원에 불어왔다.

가장 먼저 인간들의 섬김을 받던 신들의 힘이 약해지면서 칸트라 차원에 크고 작은 재앙이 벌어졌다.

이로 인해 재앙을 극복하지 못한 또 다른 생명체들이 멸종하였고, 그에 관여하던 신들도 덩달아 힘이 약해졌다.

결국 연쇄반응으로 칸트라 차원의 모든 신들의 힘이 약해지자, 신들도 자신들의 존재를 유지하기 위해 칸트라 차원에서 손을 떼게 된 것이었다.

하지만 그때까지도 흑룡왕 앙칼리우로스는 자신의 실수를 알지 못했다.

그저 신들이 칸트라를 버렸다고만 생각했다.

아니, 신들이 떠난 자리에 자신이 앉고 싶어 하는 욕심이 생겨났다.

앙칼리우로스 이전 중간계를 조율하던 황금룡 테세리우스였다면, 결코 하지 않았을 망상을 앙칼리우로스는 하게 된 것이다.

그리고 이에 동조한 존재가 있었는데, 그들이 바로 천족의 수장인 우렐리우스와 마계의 대마왕 번이었다.

대마왕 번이야 마족의 근본에 따라 마신의 자리를 넘보는 것은 당연한 일이지만, 우렐리우스의 그러한 생각은 참으로 뜻밖이었다.

하지만 이도 어쩌면 당연한 결과였다.

신들의 하수인으로 신을 가장 가까이에서 보필하던 존재가 바로 그였다.

그러다 보니 신과 자신들의 차이가 겨우 하나라는 것을 어느 순간 깨닫게 되었다.

그 차이란 바로 격이었다.

종이 한 장보다도 얇은 그 차이.

그것만 극복한다면 자신도 충분히 신과 같은 존재로 태어날 수 있다고 생각한 우렐리우스는 앙칼리우로스와 마계의 대마왕 번과 함께 격을 높이는 작업에 들어갔다.

하지만 우렐리우스는 그때까지도 깨닫지 못하고 있었다.

그것은 바로 중간계 생명체들과 자신의 격 또한 신과 천족이 느껴지는 정도의 차이일 뿐이란 것을 말이다.

겨우 한 끗 차이기는 하지만, 어떤 경우에도 그 한 끗이 넘을 수 없는 벽이린 것을 그는 알지 못했다.

그 때문에 칸트라 차원의 멸망은 더욱 가속화되었고, 이러한 칸트라 차원의 멸망을 알게 된 지구의 신은 자신이 창조한 생명체들의 진화를 위해 이들과 계약한 것이었다.

물론 그것은 우렐리우스나 앙칼리우로스, 그리고 대마왕 번이 격을 얻어 신이 되게 하는 것이 아니었다.

자신의 피조물이 한 단계 진화하는 것에 초점을 맞춘 계약이었다.

이것을 보면 사실 우렐리우스나 앙칼리우로스 그리고 대마왕은 지구의 신에게 속은 것이나 마찬가지였다.

다만, 그것을 알면서도 이들은 자신의 욕심과 소멸의 위험에 이를 받아들였다.

그도 그럴 것이, 지구의 신에게서 느껴지는 격과 자신들의 차이는 이전 자신들이 알고 있던 신과의 차이보다 못해 보였기 때문이다.

아무튼 신이 버린 칸트라 차원의 지배자 중 하나인 대마왕 번의 음모에도 불구하고, 정령왕 엘리오스의 계획은 성공하였다.

비록 자신은 칸트라 차원과 함께하겠지만, 자신의 권속인 정령들은 새로운 차원인 지구에서 자리를 잡고 세계의 질서를 유지할 것이다.

아니, 정령들이 먼저 지구에 제대로 자리를 잡게 되었으니, 경쟁자이자 동료이던 용족들은 지구에 자리를 잡기가 어려워질 것이 분명했다.

그도 그럴 것이, 앙칼리우로스의 권속들은 자신들의 지배자와 비슷한 성향을 갖고 있어, 자신들보다 못한 존재들을 혐오하고 칸트라 차원에서처럼 지구의 인류를 멸망시키려 하고 있었다.

그러니 그들이 지구에 넘어 오더라도 지구인들과 공존하는 것은 불가능했다.

이러한 때 정령들은 새로운 세상의 지배종인 인간과 함께하게 되었으니, 인류에게는 천만 다행인 것이고 용족에게는 불행한 사건이 되었다.

특히나 차원이 다르기에 지구에 적응하기 위해 칸트라 차원의 존재들은 상당한 힘의 제약을 받게 되지만 인류는 아니었다.

정령수로 인해 지구에 무사히 안착한 정령들의 보조를 받게 되었으니 더욱 그들을 상대하는 것은 쉬워질 것이 분명했다.

그리고 그 시작은 재식이 될 것이었다.

지구인 최초의 정령의 계약자이고, 또 최상급 정령 넷과 계약을 맺었기에 앞으로 정령의 기운이 지구에 퍼진다면, 재식과 같이 정령과 맹약을 맺을 사람도 늘어나게 될 것이 분명했다.

그렇게 앞으로의 전투에 새로운 희망의 빛이 보였다.

"잘 부탁해, 친구들."

재식은 자신과 맹약을 맺은 네 정령들을 보며 그렇게 인사를 하였다.

[나도 잘 부탁한다.]

[알겠다.]

[친구가 되었으니 날 자주 불러 줘!]

[끌끌, 잘 부탁하네.]

재식과 맹약을 맺은 네 정령들은 각자 개성대로 자식의 인상에 화답을 하였다.

"그래, 앞으로 잘해 보자!"

네 정령의 화답에 재식은 빙그레 미소를 지으며 답을 하였다.

＊　　　＊　　　＊

어두운 밀실, 하지만 고위 헌터인 최충식에게는 그런 것이 방해가 되지 않았다.

"어떻게 왔지?"

흐릿한 조명 아래 검은 가면을 쓴 남자의 목소리가 들렸다.

'각성자다.'

최충식은 그의 목소리에서 강한 힘을 느끼며 각성자임을 깨달았다.

'암시장에는 각성자들도 있다고 하더니, 그 말이 사실이었군!'

불법으로 운영되는 암시장, 이곳에는 정말로 없는 것 없이 다 있었다.

국가에서 통제를 하고 있는 마정석이나 몬스터의 부산물에서부터 고대에 행해지던 악습인 노예까지도 이곳에서는 구할 수 있었다.

이 때문에 세계 각국에서는 이런 암시장을 불법으로 규정하고 단속을 하려고 하지만, 이들의 규모나 힘 또한 만만치 않아 쉽게 근절할 수가 없었다.

더욱이 이들은 모두 점조직으로 이루어져 있어 발견을 한다고 해도 그 뿌리까지 파헤칠 수가 없자, 결국 정부에서는 일정 규모 이상이 아니면 이들과 협력한다는 어쩔 수 없는 결정을 내렸다.

너무 맑은 물에는 물고기가 없다는 말처럼 암시장은 필요악이었다.

근절을 할 수도 없고, 그렇다고 그것에만 매달릴 수도 없기에 정부가 선택한 것은 이들이 너무 커지지 않는 범위 내에서 활동을 억제하는 것이었다.

그리고 지금 최충식은 찾은 곳도 그런 곳 중 하나였다.

"헌터의 능력을 높여 주는 물건이 있다던데?"

최충식은 눈을 빛내며 물었다.

"헌터의 능력을 올려 준다라… 그런 물건이야 여러 가지가 있지."

검은 복면의 사내는 최충식의 질문에 가볍게 대답하였다.

"내가 말한 것은 단순한 아티팩트를 말하는 것이 아니다!"

최충식은 마치 짐승이 으르렁거리듯 말을 하였다.

잘나가는 대형 길드의 차세대 간판인 레이드 팀의 리더가 이런 불법적인 장소를 찾은 것은 전적으로 재식에 대한 질투 때문이었다.

한때 자신보다 못한 밑바닥 인생이던 놈이 못 본사이 자신은 쳐다보기도 힘들 위치에 올라가 있었다.

그것이 죽기보다 싫은 최충식은 헌터들 사이에서 암암리에 돌고 있는 마약을 구입하기 위해 암시장을 찾았다.

"흠… 마침 좋은 것이 있는데."

사내는 잠시 뜸을 들이듯 말을 끊고 최충식을 살폈다.

그러다 다시 이야기를 이어갔다.

"아직 임상이 끝난 것이 아니라서 어떤 부작용이 있는지는 알 수가 없다."

암시장 딜러는 그렇게 마약에 대한 설명을 들려주었다.

사실 암시장에 돌아다니는 약 대부분이 불법적으로 제조한 것들이었는데, 이 중에는 제약 회사에서 정식으로 개발을 하는 신약도 있었다.

다만, 임상 실험이 정부 규제로 무척인 까다로워 이렇게 암시장을 이용하는 경우도 많았다.

"상관없다, 효과만 확실하다면."

마치 상처 입은 짐승이 으르렁거리듯 최충식은 딜러의 말에도 상관없다고 대답을 하였다.

그의 뜻이 확고하자, 거래는 빠르게 진행이 되었다.

딜러는 어딘가에서 검은색 담뱃갑 사이즈의 작은 상자를 가져왔다.

그리고 그 안에는 주사기와 10㎖의 앰플이 다섯 개 정도 들어 있었다.

"가격은 AA급 마정석이다."

암시장의 결제 수단은 몇 가지가 있는데, 이곳에서는 물건에 따라 마정석으로 받는 곳이었다.

최충식은 값을 치르고, 딜러에게서 물건을 받아 암시장을 나섰다.

'두고 보자!'

누구를 향한 것인지는 모르겠지만, 최충식은 어딘가로 시선을 던지고 그렇게 중얼거렸다.

〈『헌터 레볼루션』 11권으로 계속…〉

www.b-books.co.kr